भारत के त्योहार

डॉ0 पवित्र कुमार शर्मा

Title   :   Bharat Ke Tyohar

Author   :   Dr. Pavitra Kumar Sharma

Edition   :   First (October, 2024)

ISBN   :   9789348332448

Copyright © 2024, All Rights Reserved by Author

Published by

PRACHI
DIGITAL PUBLICATION

Regd. Add.: 254, Khuriyakhatta No. 10, Bindukhatta,
Lalkuan, Nainital - 262402, Uttarakhand, India
Website : www.prachidigital.com
E-mail : info@prachidigital.in
Phone : +91 976041 7980, +91 976041 8103

Printed by :

Manipal Technologies Limited, Bengaluru - 560001, Karnataka

अनुक्रमणिका

भूमिका

'भारत के त्योहार' नामक यह पुस्तक 'प्राची डिजिटल पब्लिकेशन' से प्रकाशित होना वाली मेरी छटवीं पुस्तक है। इससे पहले इस सुप्रसिद्ध प्रकाशन संस्थान से मेरी निम्न पाँच पुस्तकें प्रकाशित हो चुकी हैं : ----

(1) काव्य प्रभा (कविता-संग्रह)

(2) मन-मंदिर (कविता-संग्रह)

(3) अवतार-मीमांसा

(4) कर्म ; और ---

(5) माँ (महाकाव्य)।

होली और दीपावली आदि त्योहारों के अवसर पर 'धौलपुर गजट' साप्ताहिक पत्र में कुछ वर्षों से मेरे लेख एवं कविताएँ प्रकाशित होती रही हैं। यह पत्र लगभग 60 वर्षों से सामाजिक सरोकारों के हित में देशवासियों की सेवा कर रहा है। इस पत्र में प्रकाशित होने वाली मेरी इन रचनाओं को पाठकों द्वारा काफी पसंद किया गया और सराहा गया है। अब उन्हीं सब लेखों और कविताओं का संकलन पाठकों के सामने 'भारत के त्योहार' नामक इस पुस्तक के रूप में प्रस्तुत है।

दोस्तों ! हमारा प्यारा भारत देश प्राचीन काल से ही पर्व, उत्सव और त्योहारों की महान धर्म भूमि रहा है। वर्ष भर में ऐसा कोई दिन या तिथि खाली नहीं जाती है, जिस दिन कोई विशेष पर्व, त्यौहार या उत्सव हमारे देश में न मनाया जाता हो। भारत में मनाए जाने वाले पर्व, उत्सव और त्योहारों की सूची बहुत लम्बी है। साल भर में हर दिन हमारे देश में कोई न कोई छोटा या बड़ा त्योहार, पर्व, उत्सव या विशेष दिवस मनाया जाता है। इस तरह से अगर इन सभी उत्सव-त्योहारों को देखा जाए तो त्योहारों की यह संख्या सैकड़ों की अंदाज में पहुँच जाती हैं ; और इन सभी त्योहार-उत्सवों पर हमेशा लिख पाना किसी भी लेखक के लिए आसान कार्य नहीं है।

इस दिशा में यह पुस्तक मेरा पहला प्रयास है। इसमें होली और दीपावली आदि हिन्दू धर्म के दो प्रमुख त्योहारों से सम्बंधित लेख और कविताओं को सम्मिलित किया गया है। यदि

पाठकों को मेरा यह प्रयास पसंद आया, तो मेरा इस दिशा में लेखन-प्रयास आगे भी जारी रहेगा तथा मैं अन्य भारतीय पर्व-त्योहार से सम्बंधित पुस्तकें पाठकों के समक्ष विनयपूर्वक प्रस्तुत करता रहूँगा।

प्रस्तुत ग्रंथ में होली और दीपावली जैसे पावन त्योहारों की गहराई से मीमांसा, महत्व और आवश्यकता को रेखांकित किया गया है। इन त्योहारों की सामाजिक अर्थवत्ता, मूल्यनिष्ठा और सांस्कृतिक सरोकारों के सहित आध्यात्मिक चिंतन को भी इस पुस्तक में स्थान दिया गया है।

परम्परागत रूप से सैकड़ो-हजारों वर्षों से हम भारतवासी होली और दीपावली का त्योहार मनाते आ रहे हैं, लेकिन हमको इन त्योहारों में और भी ज्यादा अर्थवत्ता, सार्थकता और वास्तविकता सम्मिलित करने की आवश्यकता है। ये त्योहार केवल औपचारिकता या खाना-पूर्ति के रूप में ही नहीं होने चाहिए, बल्कि उनके सरोकार हमारे जीवन-मूल्यों से सम्बंधित होने चाहिए। भारत में मनाया जाने वाला हर त्योहार मानव के हृदय को बदलने वाला तथा समाज में नया परिवर्तन लाने वाला है।

वह हम भारतीयों के भीतर हमारे प्राचीन स्वाभिमान और आत्म-गौरव को बढ़ाता है ; इसलिए हमें पूरी सार्थकता और प्रतिबद्धता के साथ तथा हृदय की भरपूर खुशी के साथ ये त्योहार मनाए जाने चाहिए। इन त्योहारों में हमें न केवल अपने कुटुम्ब-परिवार और आस-पड़ोस के लोगों को ; बल्कि असहाय, दु:खी, पीड़ित, वंचित और अभावग्रस्त लोगों को भी सम्मिलित करना चाहिए। तभी हम सही मायने में होली और दीपावली जैसे विशेष जीवन मूल्य वाले पर्व मना सकेंगे। अगर हम त्योहार पर किसी भी मानव को थोड़ा-सा भी सुख, शान्ति, संवेदना शुभकामना, दया और सदभावना प्रदान कर सके ; तो हमारा त्योहार मनाना सफल हो पाएगा।

यह पुस्तक इन्हीं सब मानवीय भावनाओं को ध्यान में रखकर लिखी गई है। त्योहारों से सम्बन्धित वैचारिक लेखों के साथ-साथ भावात्मक कविताएँ भी इस ग्रंथ में प्रस्तुत की गई हैं, ताकि होली और दीपावली आदि त्योहार मनाना हम सबके लिए और भी ज्यादा आनन्ददायक, अर्थपूर्ण और संतोषपद सिद्ध हो सके।

आशा करता हूँ कि हिन्दी-पाठक-समाज में मेरी इस पुस्तक का स्वागत होगा तथा पाठक-

जन होली और दीपावली आदि त्योहारों से सरोकार रखने वाले नए-नए अर्थवान मूल्यों से अवगत होंगे।

16 जून, 2024 ई0
(गंगा दशहरा पर्व)

इसी आशा और विश्वास के साथ
पाठकों का अपना
'पवित्र'
(डॉ0 पवित्र कुमार शर्मा)
शील साहित्य सदन,
बजरिया रोड, कुबेदान साहब का बाड़ा ,
कायस्थपाड़ा, धौलपुर,
राजस्थान-328001

होली में प्रेम के रंग को
और ज्यादा गहरा बनाएँ

जिस उत्सव या त्यौहार में प्रेम-प्यार, सद्भावना, सत्कार और आदर-सम्मान न हो ; वह उत्सव ज्यादा समय तक मानव को खुशी नहीं दे पाता है। हमारे भारत देश में प्रत्येक पर्व और उत्सव को बड़े ही प्रेम-प्यार, सद्भावना और हर्षोल्लास के साथ मनाया जाता है। कोई भी त्यौहार हमारे महान भारत देश में केवल औपचारिकता मात्र नहीं होता है। हम केवल अपने समाज और राष्ट्र की रीति- रस्म निभाने के लिए ही पर्वोत्सव नहीं मनाते हैं, बल्कि एक दूसरे के साथ प्रेम-प्यार का गहरा सम्बंध जोड़ने के लिए और एक दूसरे का आदर-सत्कार करने के लिए ही इस देश में हर एक उत्सव और त्यौहार मनाया जाता है।

होली का त्यौहार जब आता है तो सबके हृदय में प्रेम-प्यार अथवा मोहब्बत की भावना ही लेकर आता है। इस शुभ दिन पर हम आप अपने मन के सारे मतभेद, कटुता, ईर्ष्या और वैर-भाव को भुलाकर एक दूसरे के गालों पर रंग और गुलाल लगाते हुए होली मनाते हैं। होली-उत्सव मनाने से पहले होलिका-दहन का पर्व मनाया जाता है। होलिका-दहन पर्व पर वृक्ष की सूखी लकड़ी और गोबर की गुलरियों से बनी हुई होलिका को आज दी जाती है। होलिका-दहन का आध्यात्मिक अर्थ यह है कि हम अपने मन के भीतर छिपी हुई सूक्ष्म बुराइयों को,

कटुता, घृणा, ईर्ष्या और दुश्मनी की भावना को सद्भावों की शुभ-अग्नि से जला डालें। जब तक हम अपने मन में छिपी हुई बुरी भावनाओं को होलिका-दहन की तरह जला नहीं डालेंगे और जब तक हमारी अन्तरात्मा पूरी तरह से शुद्ध नहीं हो पाएगी, तब तक हम सच्चे हृदय से होली का त्यौहार नहीं मना पाएँगे।

यदि हम चाहते हैं कि हम शुद्ध मन से और पूरे हर्षोल्लास के साथ सभी के संग हिल-मिल कर होली का त्योहार मनाएँ, तो इसके लिए हमें अपने भीतर छिपी अशुद्ध बुराइयों का दहन करना होगा ; अर्थात होलिका-दहन के कार्य को अंजाम देना होगा। इसके लिए जरूरी है कि हम अपने भीतर झाँककर देखें कि कौन-कौन सी बुराइयाँ हमारे जीवन की उन्नति में रूकावट डालती हैं ? हमें एक- दूसरे के साथ प्रेम का व्यवहार और सत्कार करने से रोकती हैं ? कौन-कौन सी बुराइयाँ हैं, जो दूसरों के साथ कटुता और वैर-भावना बढ़ती है। वे हमें कभी सच्चे हृदय से दूसरों से मिलन-मुलाकात करने नहीं देती हैं और न सच्चे हृदय से दूसरों का आदर-सत्कार या सम्मान करने देती हैं। ऐसी सूक्ष्म बुराइयों की पहचान करना जरूरी है और शुभकामनाओं से व ज्ञान-विवेक की अग्नि से उन बुराइयों रूपी होलिका को भस्म करना भी जरूरी है।

जब एक बार इंसान के भीतर से ईर्ष्या, द्वेष, घृणा, दुश्मनी, कटुता और स्वार्थ इत्यादि अशुद्ध भावनाओं की होलिका का दहन हो जाता है ; आदमी का अंतर्मन अंदर-बाहर से

बिल्कुल साफ-स्वच्छ हो जाता है। ऐसे पावन-निश्छल मन के जरिए ही होली का सच्चा त्यौहार मनाया जा सकता है। जब हमारे हृदय में किसी के लिए भी कटुता, वैर-भावना, ईर्ष्या, द्वेष की भावना और स्वार्थ की भावना नहीं रहेगी, तो हम सभी वर्ग के लोगों का खुले हृदय से सम्मान करेंगे। सबको अपने हृदय का निश्छल प्रेम-प्यार बाँटेंगे और सबके साथ कदम से कम मिलाते हुए, सबके गले मिलते हुए होली का पावन त्यौहार मना सकेंगे।

सच पूछिए तो होली मनाने के पीछे जीवन का वास्तविक सिद्धान्त यही है कि हम एक-दूसरे को स्नेह-प्यार देना सीखें। एक दूसरे का आदर-सम्मान करना सीखें। एक दूसरे को गले लगाना सीखें ; फिर यदि बहुत सारे रंग और गुलाल की सामग्री भी हमारे पास न हो, तब भी हम अपने हृदय के प्रेम- रंगों से और मन की खुशियों के गुलाल से किसी के भी साथ मिलकर होली का त्यौहार मना सकते हैं।

होली-उत्सव में हमें तीन सांस्कृतिक- परंपराएँ देखने को मिलती हैं : ----

(1) होली जलाना

(2) होली खेलना ; और ---

(3) होली मनाना।

'होली को जलाने' अर्थात 'होलिका-दहन' के पीछे की जो कहानी है, वह भक्त प्रहलाद और उनकी बुआ होलिका से सम्बंधित है। ऐसा माना जाता है कि प्रहलाद के पिता हिरण्यकश्यप जब बालक प्रहलाद की भक्ति-भावना से परेशान हो गए, तो उन्होंने अपने पुत्र

प्रहलाद को तरह-तरह के कष्ट देने आरम्भ किये। प्रहलाद को पहाड़ों से गिराया गया, नदी में फिकवाया गया, गहन जंगलों में छोड़कर हिंसक वन्य पशुओं का चारा बनने पर विवश किया गया ; लेकिन प्रहलाद के दिल में भगवान का पक्का भरोसा था, इसलिए भगवान ने प्रहलाद की रक्षा की। अहंकारी हिरण्यकशिपु आसुरी प्रवृत्ति का आदमी था।

वह अपने आपको ही सर्वश्रेष्ठ घोषित किए हुए था। उसका अहंकार हमेशा सातवें आसन पर रहता था। अपने अभिमान के आगे वह भगवान को भी कुछ नहीं समझता था। उसने अपने राज्य में यह आज्ञा प्रचारित कर दी थी की श्री विष्णु को या भगवान को कोई भी अपना इष्ट या ईश्वर स्वीकार न करे। उसके राज्य में ईश्वर या भगवान केवल उसको अर्थात महाराज हिरण्याकश्यप को ही माना जाए। हिरण्याकश्यप के राज्य में और तो सभी ने उसके डर के मारे उसको अपना ईश्वर स्वीकार कर लिया था, लेकिन उसके स्वयं के पुत्र प्रह्लाद ने अपने पिता को ईश्वर मानने से मना कर दिया और वे भगवान की आराधना-भक्ति करते रहे।

जब और किसी उपाय से हिरण्याकश्यप उनके हृदय से भगवान की श्रद्धा-आस्था को निकाल नहीं सका, तब हिरण्याकश्यप ने अपनी बहन होलिका से कहा कि प्रह्लाद को गोदी में लेकर बैठ जाना और तुम खुद चिता पर बैठ जाना। हम चिता में आग लगा देंगे। तुमको तो अग्नि का कोई असर नहीं होता है। तुम्हें वरदान मिला है कि अग्नि या आग तुम्हारा कुछ नहीं

बिगाड़ सकती चिता में चारों ओर आग लगेगी और प्रहलाद उसी आग में जलकर भस्म हो जाएगा ; जबकि तुम्हारा बाल भी बाँका न होगा, क्योंकि तुम्हें आग का असर न होने का वरदान भगवान से मिला हुआ है।

होलिका तो अपने भतीजे प्रहलाद को गोदी में लेकर चिता की लड़कियों के ऊपर बैठ गई। उसे भरोसा था कि अग्नि-देवता का असर उस पर नहीं होगा, लेकिन ऐसा नहीं हुआ। जब चिता में आग लगाकर जलाई गई, तो सबसे पहले होलिका का शरीर ही जलकर राख हुआ ; लेकिन प्रहलाद का बाल भी बाँका न हो पाया, क्योंकि भगवान ने उस प्रहलाद के चारों तरफ शीतल कवच बनकर उनकी रक्षा की थी। प्रहलाद भगवान के ध्यान-योग में रहते थे। वह योग का कवच ही उनकी रक्षा का सबसे बड़ा उपकरण सिद्ध हुआ।

इस कहानी से भारतीयों को यह शिक्षा मिलती है कि यदि हम ईश्वर का स्मरण करें, उन पर भरोसा करें और भगवान के ध्यान-योग में अपना समय लगाएँ, तो वह योग का कवच ही सब प्रकार की मुसीबतों से हमारी रक्षा करेगा। समय रूपी होलिका की विकट परिस्थितियों रूपी अग्नि से, संकट और मुसीबत रूपी अग्नि से हमारी रक्षा होगी ; यही होलिका-दहन का आध्यात्मिक रहस्य है। हमने इसीलिए आरंभ में बताया है कि हमें अपने मन में छिपी हुई क्षुद्र बुराइयों का दहन करना है। जब तक हम अपने मन के भीतर से तुच्छ भेदभाव, ईर्ष्या, द्वेश, घृणा, वैर-भावना, कटुता और स्वार्थ जैसी बुरी भावनाओं का दाह संस्कार नहीं करेंगे ; तब

तक हम शुद्ध मन से या हर्षित मन से होली का त्यौहार नहीं बना सकेंगे।

होली का त्यौहार मनाने का मतलब अपनी जिन्दगी को त्यौहार की तरह खुशी-खुशी व्यतीत करना है ; लेकिन जीवन में वह सच्ची खुशी तभी आ सकती है, जब हम अपनी जिन्दगी में होलिका- दहन करें अर्थात अपने मन में छिपे दुख व विपत्ति जनक मनोविकारों का या मन की सूक्ष्म बुराइयों का दहन करें ; तभी हमारा मन निर्मल हो पाएगा और हमारे शुभ हृदय में सबके प्रति आदर, सम्मान, स्नेह और सत्कार का भाव पैदा होगा।

होली के त्यौहार की दूसरी रसम होलिका- दहन के अगले दिन सम्पूर्ण की जाती है। यह रस्म है -- 'होली खेलना'। भारतीय संस्कृति में विभिन्न प्रकार के रंगों से होली का त्योहार खेला जाता है। होली का त्योहार 'खेलने' का मतलब है -- एक दूसरे को तरह-तरह के रंग लगाना और एक दूसरे पर रंग लगाते हुए अपने अहंकार के असली काले रंग को भूल जाना। हम एक दूसरे पर चटकीले रंग लगाते हुए एक दूसरे के रंग में रंग जाते हैं, एक दूसरे के प्रेम में विभोर हो जाते हैं और अपने खुद के अहंकार रूपी काले रंग को भूल जाते हैं। तब हमें सारी दुनिया रंग-बिरंगी अर्थात रंगीन दिखाई देती है। होली का त्यौहार आमतौर से गुलाल इत्यादि सूखे रंगों से और पानी के रंगों से खेला जाता है। कई जगह लोग पानी के रंगों का इतना ज्यादा

इस्तेमाल करते हैं कि बहुत सारा पानी रंग बनाने में तथा एक दूसरे पर रंग फेंकने या डालने में बर्बाद चला जाता है। पानी की कमी या पानी के संकट को देखते हुए सरकार का भी कहना है कि पानी के रंगों के बजाय सूखे रंगों से होली खेली जाए ; ताकि पानी की बचत हो सके और लोगों को पर्याप्त रूप से पेयजल उपलब्ध हो सके। .....लेकिन फिर भी नासमझ लोग कई जगहों पर होली-पर्व के दिन पानी को रंगों के रूप में बहुत ज्यादा (व्यर्थ) बहा देते हैं। सच पूछिए तो जल-रंगों और सूखे रंगों से भी ज्यादा महत्वपूर्ण प्रेम का रंग है। सूखा रंग, गुलाल या पानी का रंग भले ही हमारे पास कम हो या न भी हो ; तब भी हम एक-दूसरे के साथ प्रेम के रंगों से होली खेल सकते हैं।

...... तो होली खेलने के लिए अपनी मुट्ठी में या हथेली में थोड़े-से सूख रंग लिए जा सकते हैं ; क्योंकि रंगों से खेलना होली का शकुन माना जाता है ; इसलिए आपके हाथ में होली के भले ही सूखे रंग हों या पानी के रंग हों, पिचकारी हो ; लेकिन आपके हृदय में दूसरों के प्रति प्रेम, प्यार, सम्मान, आदर और सत्कार की भावना अवश्य होनी चाहिए। तभी आप सच्चे मन से होली दूसरों के साथ खेल सकेंगे और खुशी-खुशी होली का त्योहार मना सकेंगे।

होली खेलने का एक आध्यात्मिक अर्थ यह है कि हम अपने मानव-जीवन को और इस संसार को एक खेल की तरह समझें। होली खेलना अर्थात संसार रूपी रंगमंच पर बेहतर तरीके से अपना कर्म करना, पार्ट बजाना या अभिनय करना। यदि हम सब अपने-अपने श्रेष्ठ कर्म धरती पर रहकर करते हैं ; हम ऐसे कर्म करते हैं जो हमें स्वयं को खुशी दिलाते हैं तथा दूसरों

को भी किसी तरह का नुकसान नहीं पहुँचाते हैं, दूसरों को भी हर्ष प्रदान करते हैं ; तो मानव के ऐसे सब कर्म उसके द्वारा सच्चे रूप से होली खेलना है। इस तरह का होली का खेल हम अपने अच्छे कर्मों के जरिए हर दिन खेल सकते हैं।

सच पूछिए तो मानव का कर्म ही उसके जीवन का सबसे बड़ा खेल और सबसे बड़ा त्यौहार है। यदि इंसान अपने कर्म को सुधार ले, कर्म को बेहतर बना ले ; तो उसका वही कर्म उसे जिंदगी में खुशियाँ प्रदान करेगा और वही कर्म उसके सारे कष्ट व अभाव दूर करके उसे वैभव-संपन्न, उन्नतिशील बनता है।

अच्छे कर्मों से, श्रम-मेहनत-लगन और परिश्रम से जिंदगी के सारे कष्ट और अभाव दूर हो जाते हैं।.....और यदि इस तरह की कर्म रूपी होली को अगर हम नहीं खेल पाते हैं, तो वर्ष में केवल एक बार होली खेल लेना हमारे लिए मात्र औपचारिकता या खानापूर्ति ही बनकर रह जाती है। असल बात कर्म रूपी होली खेलना है सद्कर्म रुपी ; श्रेष्ठ कर्म रूपी होली खेलना है। उम्मीद है कि भारतीय जन मेरी इस बात पर ध्यान देकर अपने कर्मों पर अवश्य ध्यान देंगे। पिचकारी, गुलाल और रंगों को दूसरों पर फेंक देना ही होली खेलना नहीं है। सच्ची होली खेलना तो तब है, जब हम खुद भी अच्छे कर्म रूपी खेल को खेले और दूसरों को भी सद्कर्म करने या कर्म खेलने की प्रेरणा दें। ***

होली-त्यौहार का तीसरा आकर्षक बिन्दु है -- 'होली मनाना' ; जिसे अक्सर करके होली खेलने के समकक्ष ही मान लिया जाता है, लेकिन होली खेलने में और होली मनाने में अन्तर है। होली का पर्व दो दिनों का त्यौहार है। इसमें पहले दिन होलिका-दहन किया जाता है अर्थात

होली की आग को जलाया जाता है और उस होली की आग में खेतों में पैदा हुआ नया अन्न भूनकर अपने कुटुम्ब-परिवार के सदस्यों और आस-पड़ोस के लोगों को बाँटा जाता है। इसके बाद अगले दिन होली खेलना और होली मनाना होता है। होली खेलने के लिए लोग एक दूसरे पर रंग और गुलाल डालते हैं, पिचकरिया चलाते हैं। इस तरह रंगों से आपस में होली खेली जाती है। सुबह से लेकर दोपहर तक भारत के हर शहर, गाँव और कस्बे में लोग विभिन्न प्रकार के रंगों से आपस में होली खेलते रहते हैं।

......फिर दोपहर को नहा-धोकर होली का पावन-पर्व मनाते हैं अर्थात सब लोग एक दूसरे के पास बैठकर गुंझिया, पापड़, मिठाई तथा अन्य पकवान-व्यंजन खाते हैं। एक दूसरे को होली की बधाइयाँ देते हुए आपस में हंसी-मजाक की बातें किया करते हैं। इस तरह से होली खेलने के बाद होली का त्यौहार आपसी प्रेम-प्यार और सद्भावना के साथ मनाना होता है।

होली का त्योहार तभी मनाया जा सकता है, जब हमारे हृदय में सबके लिए प्रेम-प्यार की भावना हो, सद्भाव और सत्कार की भावना हो ; एक-दूसरे के प्रति सम्मान का भाव हो। होली का त्यौहार हमें इसी बात की शिक्षा देता है कि हम आपस का मनमुटाव, घृणा, द्वेश, ईर्ष्या, नफरत, वैर भावना, कटुता और स्वार्थ आदि के बुरे भावों को त्याग कर निश्छल-निर्मल मन से एक दूसरे को आदर सम्मान दें। एक दूसरे को उत्साह प्रदान करें और अपने जीवन को सबके साथ हिल-मिलकर बड़े ही प्रेम- प्यार और सद्भावना के साथ बिताएँ।

......होली का त्यौहार आपस के प्रेम-प्यार, सद्भावना, सहानुभूति, एकता और एकरसता

के रंगों को मजबूत करता है। इस त्यौहार पर हमें जीवन की खुशियों के विभिन्न प्रकार के रंग दिखाई देते हैं। जीवन में निराशा, उदासी, शुष्कता चिन्ता, परेशानी, दैन्यता और कड़वाहट इत्यादि को दूर करने के लिए होली का त्यौहार मनाया जाता है। इस त्यौहार में किसी तरह की औपचारिकता या खानापूर्ति नहीं होती है।

होली पर्व का आधार दिल की सच्चाई-सफाई, खुशी, उमंग-उत्साह, नेक नीयत, प्रेम-प्यार, सद्भावना, समरसता, एकता और मधुरता ही है। हमें इन सब सद्गुणों की मर्यादाओं का पालन करते हुए होली का त्योहार मनाना चाहिए।

जल के रंगों से तथा गुलाल इत्यादि सूखे रंगों से होली खेलने के साथ-साथ हृदय की प्रेम-भावना, उमंग-उल्लास और सहयोग वृत्ति को नहीं भूलना चाहिए। तभी हमारा होली का त्योहार मनाना सार्थक और सफल सिद्ध हो सकता है। यदि मन में जरा-सी भी किसी के प्रति

कड़वाहट या कटुता है ; किसी के भी प्रति घृणा, द्वेश, ईर्ष्या, नफरत और वैर भावना है, तो उसे होली खेलने और मनाने से पहले ही दूर कर देना चाहिए। तभी हम होली के त्यौहार का सच्चा आनंद उठा सकेंगे। होली का पावन पर्व सभी को मुबारक हो। हैप्पी होली !! .....होली सबके जीवन में खुशियाँ, उमंग-उत्साह-उल्लास, एकरसता, समरसता, एकता, प्रेम-प्यार और सद्भावना, सबके प्रति सहानुभूति, करुणा, दया, क्षमा और जीवन में मधुरता लेकर आए। Happy Holi!!!

होली का त्यौहार

होली का त्यौहार भारतवर्ष में सदियों से उमंग- उल्लास, समरसता और जीवन की विसंगतियों पर विजय पाने का प्रतीक पर्व रहा है।

इस पर्व के पहले दिन होलिका-दहन होता है। जिसके पीछे कथा है कि भगवान ने भक्त प्रहलाद को होलिका की अग्नि से बचाया था। इस तरह यह पर्व धार्मिक एवं सांस्कृतिक आस्था से जुड़ा हुआ है। आध्यात्मिक रूप से देखें तो संसार में चारों तरफ फैली ईर्ष्या, द्वेष, नफरत, क्रोध आदि मनोविकारों की अग्नि से रक्षा केवल तभी हो सकती है ; जब हम प्रभु-याद की शक्ति का योग कवच पहन कर रहें।

होलिका-दहन की रात गली, मोहल्ले और चौराहों पर बड़ी होली जलाई जाती है। सब लोग उस होली की परिक्रमा कर अग्नि ग्रहण करते हैं और होली की आग लेकर अपने घर आते हैं। उसी आग से घर में रखी होलिका में अग्नि प्रज्वलित की जाती है। इस होली-अग्नि में खेतों में उगे प्रथम अन्न को भूनकर सभी को बाँटा जाता है, बड़ों के पैर छूकर उनका आशीर्वाद लिया जाता है। साथ ही होली के गीत-बधाए गाए जाते हैं।

अगले दिन परंपरा के अनुसार रंग-गुलाल से होली खेली जाती है। नगर और गांव कस्बों के सभी लोग आपसी भेदभाव और मतभेदों को भुलाकर बड़ी ही खुशी और उमंग उत्साह के साथ यह त्यौहार मनाते हैं।

होली के सात रंग जीवन-रूपी इंद्रधनुष के सूचक हैं। लाल-गुलाबी रंग हर्ष का प्रतीक है। हरा रंग खुशहाली और संपन्नता का प्रतीक है। नीला रंग आसमान-सी ऊँचाई या सफलता प्राप्त करने का प्रतीक है। पीला रंग फागुन मास के उल्लास का प्रतीक है। इसी तरह होली के अन्य रंग जीवन के विभिन्न पहलुओं के सूचक हैं।

होली-पर्व के अवसर पर एक-दूसरे के गले मिलकर बधाइयाँ दी जाती हैं तथा गुँझिया, पापड़, अनरसे, मिठाई और तरह-तरह की नमकीनों के साथ एक दूसरे का स्वागत-सत्कार किया जाता है। समय के साथ-साथ होली के रंग भी फीके-से दिखाई पड़ने लगे हैं। लोग मोबाइल के डिजिटल प्लेटफॉर्म का मानसिक आनंद लूटने में इतने व्यस्त रहते हैं कि एक-दूसरे को होली की बधाइयाँ देने, एक-दूसरे के गले मिलने और एक-दूसरे पर रंग डालने के लिए उनके पास समय ही नहीं बचता है।

जिस तरह समय के साथ बच्चों के खेल, झूले, साँझी और परंपरागत मेले समाप्त हो गए हैं ; उसी तरह से होली आदि त्योहारों पर भी ग्रहण लगता हुआ दिखाई दे रहा है। बीते दो-तीन सालों में कोरोना महामारी के कारण होली का त्यौहार ना के बराबर मनाया गया। यह सरकारी आदेश था कि कहीं भी भीड़-भाड़ ना हो। होली खेलने के लिए ज्यादा लोग इकट्ठे ना हों ; लेकिन अब तो कोरोना का इतना खौफ भी नहीं है, फिर भी होली पर इस बार खुशी की रौनक ज्यादा नजर नहीं आती। लोगों ने मोबाइल पर वीडियो देखना ज्यादा शुरू कर दिया और

ज्ञानवर्धक, मनोरंजक किताबें पढ़ने से अपना मन पीछे हटा लिया है।

वैसे तो हमारा भारत देश दिन पर दिन तरक्की, उन्नति, खुशहाली, संपन्नता और सुख-समृद्धि के रास्ते पर बढ़ रहा है ; लेकिन परंपरागत त्यौहार, स्वाध्याय, आपसी मेल-मिलाप, राष्ट्र-प्रेम तथा सांस्कृतिक सुरक्षा के मामले में भारतवासी पीछे हटते जा रहे हैं। असल में देश का सही मायने में चहुँमुखी-विकास तभी हो सकता है, जब हम अपने देश की आर्थिक और भौतिक तरक्की के साथ-साथ सांस्कृतिक विकास और परंपरागत मूल्यों की वृद्धि में विश्वास रखना आरंभ करें।

हर बार की तरह इस बार भी हम सब बड़े ही उमंग-उल्लास के साथ होली खेलेंगे, होली की खुशियां मनाएंगे ; लेकिन साथ में अपनी आँखें खोल कर चारों तरफ गौर करते हुए इस बात पर ध्यान देंगे कि हमारे परंपरागत और सांस्कृतिक मूल्यों को चुराने में कौन-कौन से असामाजिक तत्व कार्य कर रहे हैं ? क्या वे तत्व बाहरी हैं या हमारे मनोगत जगत के अपने ही बनाए हुए विचारगत संकीर्णता वाले दुर्बल तत्व है ?

आज हमारे भारत देश के अंदर और देश के चारों तरफ कई बड़े सूक्ष्म षडयंत्र रचे जा रहे हैं भारत को कमजोर बनाने के लिए, इसके परंपरागत सांस्कृतिक मूल्यों का ह्रास करने के लिए कोशिशें की जा रही हैं। हमें उन सबसे सफलतापूर्वक लड़ना और जूझना होगा। अपनी आजादी की रक्षा के लिए सतत संघर्ष करना होगा ; तभी हम होली जैसे सांस्कृतिक त्योहारों

की चिरकाल तक रक्षा कर पाएँगे। होली का त्यौहार खुशियों का पावन-पर्व है। इस पर्व पर हमें न सिर्फ अपने जीवन की खुशियों का, बल्कि अपने आसपास रह रहे दूसरे लोगों के जीवन की खुशियों का भी ख्याल रखना है।

अगर हमारे आसपास कोई भी व्यक्ति किसी बात से दुःखी है, चिन्तित व परेशान है ; तो होली के मौके पर हम उसके पास जाएँ, उसका दुःख परेशानी पूछें और अपनी सामर्थ्य व जन-सहयोग के जरिए किसी तरह उसके दुःख-दर्द को दूर करने का प्रयत्न करें। तभी हम इस बार सच्चे मायने में होली का पावन त्यौहार मना सकेंगे। होली सब धर्म और सभी जातियों के लोगों का एक सामूहिक त्यौहार है। इसे किसी धर्म, जाति और संप्रदाय के चश्मे से नहीं देखा जाना चाहिए यह इंसान की जीवन की खुशियों का त्यौहार है।

होली के अनेक शाब्दिक अर्थ हैं। 'होली' अर्थात बीत गई। जीवन की जो पुरानी-दुःखदाई बातें बीत चुकी हैं, उन्हें हमें याद नहीं करना चाहिए वरना वे हमारी मनोस्मृति में आकर हमारे जीवन को और भी ज्यादा दुःखदाई बनाती रहेंगी। बीते हुए दुःख, गम और परेशानियों को हम भूल जाएं और नए उमंग-उल्लास के साथ जीवन जीना प्रारंभ करें। यही होली-पर्व की सार्थकता है।

होली का दूसरा मतलब ; 'होली' अर्थात हम किसी के हित के लिए काम करें, किसी के

विश्वासपात्र होकर रहें ; साथ ही प्रभु पिता परमेश्वर के सच्चे आशिक और श्रद्धालु होकर रहें। होली का एक अर्थ अंग्रेजी में 'होली' (HOLY) यानी 'पवित्र' होता है। हमारे मन में किसी के प्रति ईर्ष्याभाव, नफरत और द्वेष ना हो। हम मन के स्वच्छ-पावन अर्थात होली होकर रहें ; तभी हम जीवन की सच्ची खुशी का और जीवन के उमंग-उल्लास का अनुभव कर सकेंगे।

होली हमको इन्हीं सब बातों की शिक्षा देती है। दूसरों पर केवल रंग-गुलाल डालना और गुंझिया-मिठाई खाना ही होली की सार्थकता नहीं है, बल्कि अपना आंतरिक परिवर्तन कर सच्चा और नेक इंसान बनना, दूसरों के काम आना ; अपने समाज, राष्ट्र और सारे संसार को खुशहाली और उन्नति के रास्ते पर ले जाना ; इन्हीं सब कोशिशों में ही होली जैसे महान पर्व की सार्थकता है। यद्यपि होली का यह बहुत बड़ा व्यापक संदर्भ है, लेकिन इसी संदर्भ की कसौटी पर खरा उतरना ही होली- त्यौहार मनाने की सार्थकता है। ... तो आओ, होली के पावन अवसर पर हम सब भारतवासी एक संकल्प लें कि हम होली-पर्व पर न किसी को दुःख देंगे और न किसी की परेशानी का कारण बनेंगे। हमसे जितना हो सकेगा, हम दूसरों के दुःख और कष्टों को मिटायेंगे तथा मिलजुल कर आपसी प्रेम, भाईचारे और सद्भावना के साथ होली का पर्व मनाएंगे।

सतरंगी होली

होली का त्यौहार हर वर्ष हमारे भारत देश में नई खुशियाँ और नया उमंग-उत्साह लेकर आता है। होली के दिन सभी जन हर्षित होकर विभिन्न रंगों से होली खेलते हैं। ..... यह सारा संसार अनेक प्रकार के रंगो वाले वस्तु-पदार्थों, पेड़-पौधों, जीव-जंतुओं और उपकरणों से सजा हुआ है। नदी, तालाब, वन, पर्वत, झील, सरोवर, पथ-मार्ग, सूर्य, चंद्र और अग्नि आदि में विविध प्रकार के रंग दिखाई देते हैं। इस तरह के रंग कुदरत के उल्लास के साथ-साथ मानव के मन में भी नया उमंग-उत्साह, साहस और शक्ति का संचार करते हैं।

हमारे भारत देश में लाल, हरे, पीले, नीले, गुलाबी, काले और बैंगनी आदि विभिन्न प्रकार के रंग और गुलाल से होली खेली जाती है। पूर्व जमाने में टेसू के फूलों को पानी में भिगोकर प्राकृतिक रंग तैयार किया जाता था ; लेकिन आजकल बाजारों में विभिन्न प्रकार के मानव निर्मित अथवा कृत्रिम प्रकार के रंग मिलते हैं और इन रंगों से बच्चे, बूढ़े, जवान ; स्त्री और पुरुष सब मिलकर होली खेलते हैं।

जितने भी रंग हैं, वे सब सूर्य की किरणों के प्रभाव से बनते हैं। सूर्य की किरणों में सभी रंगों का सम्मिश्रण होता है। सूर्य की छत्रछाया में अनेक प्रकार की वनस्पतियाँ अथवा पेड़-पौधे

तथा जीवधारी पनपते-फलते-फूलते हैं। इसी तरह से हरा, लाल और नीला रंग मनुष्य को यशस्वी, स्वस्थ और गौरवशाली बनाने वाला होता है।

विभिन्न प्रकार के रंग हमारे दैनिक जीवन में उपयोगिता के साथ-साथ नव-स्फूर्ति, सुंदरता और कल्याण का संदेश देते हैं। रंगों का स्वास्थ्य और मन के ऊपर प्रबल प्रभाव पड़ता है। विभिन्न तरह के रंगों की आकर्षण वातावरण में मन को प्रसन्नता प्रदान करती है और मानव की उदासीनता को हरती है। धार्मिक कार्यों में अलग-अलग तरह के रंग की चीजों और पूजन-सामग्री का प्रयोग किया जाता है। रोली-कुमकुम का लाल रंग, हल्दी का पीला रंग, पत्तियों का हरा रंग और आटे का सफेद रंग ऐसे शुभ कार्यों में इस्तेमाल किया जाता है।

होली के पावन पर्व पर, आइए हम विभिन्न रंगों के रहस्य को जानने का प्रयत्न करते हैं :---

(1) लाल रंग

लाल रंग उत्साह, विजय, गौरव और खुशी का प्रतीक है। देवी देवताओं की प्रतिमा पर हमेशा लाल रोली का टीका लगाया जाता है, जो देवताओं की महानता और उनके गौरव को बतलाता है। हिंदू धर्म में लाल रंग से देवी-देवताओं को टीका लगाया जाता है, उन्हें लाल रंग से सुसज्जित किया जाता है। यह देवगणों के परम मंगलकारी स्वरूप को ; उनके तेज, शौर्य और पराक्रम को प्रकट करता है। देवी दुर्गा के स्वरूप को को हमेशा लाल रंगों से श्रृंगारित किया जाता है। यह लाल रंग देवी की आसुरी प्रवृत्तियों पर विजय का प्रतीक माना जाता है।

भारतीय जन हमेशा हर्ष, उल्लास और खुशी के अवसर पर लाल रंग काम में लाते हैं। विवाह, जन्म और विभिन्न उत्सवों के अवसर पर आनंद की भावना लाल रंग से ही प्रकट की

जाती है। नारी की मांग में लाल सिंदूर एक तरफ उसकी सुंदरता में वृद्धि करता है, वहीं दूसरी तरफ यह रंग अटल सौभाग्य और पति-प्रेम को भी दर्शाता है। धन की देवी लक्ष्मी को भी मंगलकारी लाल वस्त्र पहनाए जाते हैं। लाल रंग धन-संपत्ति, समृद्धि और शुभ लाभ को प्रकट करने वाला है। होली के अवसर पर प्रयोग किया जाने वाला लाल रंग सभी के ध्यान को अपनी ओर आकर्षित करता है।

यह रंग सबसे ज्यादा चमकदार अर्थात चित्त को आकर्षित करने वाला होता है ; जो सबकी नजरों में तुरंत छा जाता है। संसार के जितने भी मानव है,उनके शरीर के खून का रंग लाल है। चाहे वे किसी भी धर्म, जाति, भाषा, राज्य, देश अथवा संप्रदाय को मानने वाले हों। दुनिया की सभी मनुष्यों के खून का लाल रंग होता है। रक्त का यह लाल वर्ण संसार के लोगों की माननीय एकता, एकरसता और समरसता को दर्शाता है। लाल रंग स्पष्ट करता है कि इस संसार के सभी मानव खून के रंग में एक जैसे हैं और उनके बीच किसी तरह का भेदभाव नहीं किया जा सकता। लाल रंग ऊर्जा, उत्साह, साहस, महत्वाकांक्षा, क्रोध, उत्तेजना और पराक्रम अर्थात विजय का प्रतीक माना जाता है। प्रेम का रंग भी लाल ही होता है। लाल रंग को उत्साह, उल्लास और पवित्रता से जोड़कर भी देखा जाता है। यह रंग प्रेम, क्रोध और संघर्ष का प्रतीक है। भारत में प्रत्येक शुभ अवसर के लिए लाल रंग को काम में लाया जाता है। लाल रंग मानव के मूलाधार-चक्र को दर्शाता है। यह शक्ति, सौभाग्य और ताकत का प्रतीक है। लाल रंग

मानव की जुनूनी-ऊर्जा और स्नेह-भावना का द्योतक है। एक तरफ यह प्यार और जुनून का प्रतिनिधित्व करता है, जबकि दूसरी तरफ यह आक्रामकता, क्रोध और खतरे का भी प्रतीक है। लाल रंग दर्शाता है कि मानव के अंदर अपने लक्ष्य के प्रति जुनून और उत्साह होना चाहिए और उसे अपने लक्ष्य को प्राप्त करने के लिए आक्रामक तरीके से तैयारी करनी चाहिए।

जीवन-शक्ति, स्वास्थ्य, संघर्ष, युद्ध, साहस, क्रोध, प्रेम और धार्मिक उत्साह सहित लाल रंग कई तरह के रहस्यों और विशेषताओं से भरा हुआ है। मानव के जीवन की शक्ति, जो जुनून के भरोसे चलती है ; वह लाल रंग लिए हुए होती है। जब लोग क्रोधित होते हैं, तो उनके चेहरे लाल वर्ण के हो जाते हैं और जब भी वे खुश और स्वस्थ होते हैं, तो उनके गाल गुलाबी हो जाते हैं। लाल रंग बलिदान का प्रतीक भी माना जाता है।

(2) हरा रंग

हरा रंग संसार में सर्वत्र व्याप्त है। यह सारी प्रकृति में समान रूप से फैला हुआ है। पेड़-पौधों, खेतों और पर्वतीय प्रदेशों को आच्छादित करने वाला यह रंग मधुरता और खुशहाली का प्रतीक है। हरा रंग मन को शांति देने वाला और हृदय को शीतलता प्रदान करने वाला होता है। यह मनुष्य को सुख, शांति और स्फूर्ति प्रदान करता है। मनुष्य की उद्योगशीलता हरे रंग से ही प्रकट होती है। हमारे प्राचीन ऋषि-मुनियों ने अपनी आध्यात्मिक उन्नति के लिए हरे-भरे पर्वत

शिखरों और घास के मैदानों में जाकर अपनी आध्यात्मिक साधना की थी और ऐसे ही पावन वातावरण में उन्होंने सद्ग्रंथों की रचना की थी। हरा रंग प्रकृति का प्रतीक है। यह मनुष्य की आँखों को सुकून अर्थात संतोष प्रदान करता है। इस दुनिया में हम दूर-दूर तक जहाँ तक भी देखते हैं, वहाँ हमें चारों तरफ हरा रंग ही नजर आता है। पृथ्वी की सतह से लेकर ऊँचे पहाड़ों की चोटियों तक सर्वत्र हरी वनस्पतियाँ दिखाई देती हैं। किसानों द्वारा पैदा की गई फसलों का हरा रंग देखकर मानव का हृदय प्रफुल्लित होता है।

धरती के खेतों में फसलों की हरी चादर और चारों ओर की हरियाली इंसान के मन को प्रसन्न बनाती है। लह उदास लोगों के चेहरे पर मुस्कान ले आती है। हरा रंग मन के संतुलन, प्रसन्नता, सुख और स्वभाव की शीतलता का प्रतीक है। यह रंग मानव के महत्वपूर्ण अनाहत चक्र का सूचक है , जो कि मानव के आत्मविश्वास, दया-भावना और एकांतशीलता को दर्शाता है। हरा रंग उन सभी मनोभावों में संतुलन स्थापित करता है, जो मानव के मन के अंदर उदित होते हैं। यह रंग स्फूर्ति और समृद्धि का प्रतीक है। प्रकृति के साथ-साथ यह रंग अध्यात्म का भी सूचक है। हरा रंग प्रकृति, स्वास्थ्य और धन का प्रतिनिधित्व करता है। यह रंग मानव के जीवन में सुख लाता है। उसे बताता हे कि उसे प्रकृति के साथ हमेशा नजदीक रहना चाहिए और अपने स्वास्थ्य का निरंतर ध्यान रखना चाहिए, क्योंकि स्वास्थ्य ही मानव का वास्तविक

धन है। शरीर और मन का स्वास्थ्य सोने-चाँदी और धन- दौलत से काफी ज्यादा मूल्यवान होता है। अच्छे स्वास्थ्य से ही मानव अपने जीवन में सम्पूर्ण सुख- शांति और खुशहाली को तथा उन्नति को पाता है।

हरा रंग हमें शिक्षा देता है कि हमें अपनी जिन्दगी में किसी चीज का लक्ष्य बनाते समय अपने स्वास्थ्य को प्राथमिकता देनी चाहिए। हमारे चरित्र की तरह हमारा स्वास्थ्य एक बार अगर चला गया या नष्ट हो गया, तो फिर यह वापस लौटकर नहीं आएगा। हरा रंग मानव के मन की भावनाओं को संतुलित करता है और यह सुस्वास्थ्य एवं धन- समृद्धि का सूचक है।

(3) पीला रंग

पीला रंग ज्ञान-विद्या और विद्वता का प्रतीक है। यह मानव के मन की सुख-शांति का, उसकी अध्ययनशीलता का, बुद्धिमानी और योग्यता को दर्शाता है। हरा रंग मानव की एकाग्रता तथा उसकी मानसिक बौद्धिक उन्नति का प्रतीक है। यह रंग मानव के मस्तिष्क को प्रफुल्लित बनाता है। उसे सकारात्मकता प्रदान करके उसे कार्यशील करता है। यह रंग मानव के मन में कर्म की उत्तेजना प्रदान करता है। श्री विष्णु जी के वस्त्रों का रंग पीला है। पीले वस्त्रों श्री विष्णु जी के असीम ज्ञान के द्योतक हैं। श्री कृष्ण जी भी पीतांबर अर्थात पीले रंग के वस्त्र

धारण करते हैं। इसी तरह श्री गणेश जी की धोती पीले रंग की है। प्रत्येक कार्य में सबसे पहले गणेश जी का पूजन-अर्चन करना आवश्यक माना जाता है। सभी मंगल कार्यों में पीली धोती वाले विघ्नहर्ता गणेश जी का सर्वप्रथम वंदन किया जाता है। असल में पीला रंग ; लाल रंग का परिवर्तन है, जो कि श्वेत रंग मिलाने से बनता है।

पीला रंग सभी प्रकार के रंगों में सबसे जीवंत प्रकार का माना जाता है। यह रंग मानव के जीवन का और उसकी जीवंतता का प्रतीक है। पीत वर्ण बारिश में धूप की तरह गर्मी और खुशी लाता है। पीला रंग आमतौर पर त्योहारों में प्रयोग किया जाता है, क्योंकि यह परिवार में खुशियाँ लाता है। पीला रंग हमको इस बात की शिक्षा देता है कि हमें भी पीले रंग की तरह अपने जीवन में हमेशा संतोष, प्रसन्नता और उदारता रखनी चाहिए। जो कुछ हमारे पास है, उसमें हम संतुष्ट और प्रसन्न होकर रहें। 'जियो और जीने दो' के सिद्धांत का पालन करते रहें। बसंत-पंचमी के दिन सरस्वती माता का सरसों के पीले फूलों से पूजन किया जाता है और इस दिन शारदा माँ को पीले चावल का भोग लगाया जाता है। खेतों में फैली सरसों की पीली चादर कृषकों के जीवन में संतोष और खुशी का रंग भर देती है।

(4) नीला रंग

सृष्टि रचयिता परमपिता परमात्मा ने संसार के अंदर नीले रंग को सबसे ज्यादा रूप में रखा

है। हमारे सिर के ऊपर जो विस्तृत नीलाकाश दूर-दूर तक फैला हुआ है, वह नीले रंग का नजर आता है और धरती पर चारों तरफ फैला विशाल समुद्र, नदी और तालाबों का जल भी नीले वर्ण का दिखाई देता है। आकाश, समुद्र और सरिता के जल में नीले रंग का प्रभाव ज्यादा पाया जाता है।

नीला रंग मानव के बल, पौरुष और वीर- भावना को प्रकट करता है। मर्यादा पुरुषोत्तम श्री रामचंद्र जी और योगेश्वर श्री कृष्ण जी की देह का रंग नीला था। यह रंग इन महान देवों के पौरुष, बल और महानता को दर्शाता है। इन दोनों देवों ने संपूर्ण मानवता की रक्षा में अपना सारा जीवन व्यतीत किया था और दानवता के विरुद्ध संघर्ष करने में ये हमेशा तत्पर रहते थे। शंकर जी को 'नीलकंठ' कहा जाता है। कहते हैं कि सागर-मंथन करने पर जो भी विष या जहर निकला था ; यदि वह जहर पृथ्वी पर फेंका जाता, तो सर्वनाश निश्चित था। यह विष जिसके भी पेट में जाता, वह मर जाता, लेकिन भगवान शिव तो सर्व समर्थ थे और विष को धारण कर सकते थे। उन्होंने समुद्र से निकले उस जहर को अपने कंठ में रखा और 'नीलकंठ' कहलाए। शिव, विष्णु, गणेश, सूर्य और देवी ; ये पाँच देवता हिंदू उपासना में प्रसिद्ध माने जाते हैं। इसमें नीलकंठ शिव महादेव सबसे अधिक महान है और सर्प इनके आभूषण माने जाते हैं। सर्पों का

जहर भी नीले रंग का होता है। वह जहर मानव के मनोविकार का प्रतीक है।

नीला रंग विशुद्ध संवाद की शक्ति का द्योतक है। यह मानव की समझदारी का, उसकी न्याय- शीलता का ; उसके धैर्य, सम्मान और इच्छाशक्ति का प्रतीक है। नीला रंग मानव के नम्रताभाव को भी दर्शाता है। मानव की देह के विशुद्ध-चक्र को नीला रंग संतुलित करता है। नीला रंग इंसान के बल, पौरुष और धैर्यशीलता का प्रतीक है। यह मानव में दर्द सहने का साहस प्रदान करता है और इसके साथ यह इंसान की गंभीरता को भी दर्शाता है। नीले वर्ण को हमेशा शांति का प्रतीक माना जाता है। समुद्र और आकाश का नीला रंग उनकी विशालता और गंभीरता को ही प्रकट करता है।

(5) गुलाबी रंग

गुलाबी रंग हमेशा विविधता को दर्शाने वाला होता है। यह मानव की यौवन-शक्ति और ऊर्जा का तथा मानव की कोमल प्रकृति का प्रतिनिधित्व करता है। यह जीवों को तीव्रता व ताकत का एक बड़ा हिस्सा प्रदान करता है। गुलाबी रंग मानव को यह संदेश देता है कि उसे अपने जीवन में विविधता और कोमलता को धारण करना चाहिए। विविधता, संकट और प्रतिकूल परिस्थितियों के बीच रहते हुए उसे अपना संतुलन जीवन में बनाए रखना चाहिए।

(6) काला रंग

काले रंग को अविद्या-अज्ञान और अंधकार का प्रतीक माना जाता है। इसे हमेशा प्रकाश के अभाव का, ज्ञान-समझदारी और विवेक के अभाव का, मनोविकारों की प्रबलता और पतन का सूचक माना जाता है। जिस तरह सफेद रंग मानव की सात्विकता अर्थात सात्विक

प्रवृत्ति का सूचक है, उसी तरह से काला रंग उसकी तामसी वृत्तियों का या तामसिकता का सूचक माना जाता है। श्रीमद भगवत गीता में प्रकृति के सत्व, रज और तम आदि तीन गुणों का वर्णन है। इनमें तीसरा गुण या तमोगुण काले रंग का सूचक और इस गुण के आने से मानव के अंदर अज्ञानता, नासमझी मूढ़भाव और पागलपन का उदय होता है। कालापन अर्थात तामसिकता आने से इंसान हैवान अर्थात राक्षस प्रवृत्ति का हो जाता है और वह संसार में अनेक प्रकार के बुरे काम करने लगता है।

काला रंग मन के दूषित विचारों का, हृदय की कलुषितता और मन की अपवित्रता का सूचक है। काला वर्ण देखने में तो नकारात्मक-सा लगता है, लेकिन जीवन में काले रंग का भी अपना महत्व है। इस रंग की ताकत या शक्तिशाली प्रकृति को इस तथ्य से जाना जा सकता है कि यह रंग अन्य सभी रंगों के प्रभाव को समाप्त कर देता है। एक तरफ यह रहस्यमय और शक्तिशाली प्रकृति का प्रतिनिधित्व करता है, दूसरी तरफ यह काला रंग मानव की बुराइयों का उसके अज्ञान अंधकार और मृत्यु का भी प्रतिनिधित्व करता है।

(7) बैंगनी रंग

होली के अवसर पर प्रयोग किए जाने वाले रंगों में सातवां रंग बैंगनी प्रकार का होता है। तरकारियों में बैंगन हमेशा इसी रंग का होता है। यद्यपि काले रंग की तरह आम जीवन में बैंगनी रंग को भी बहुत कम प्रसन्न किया जाता है, लेकिन जीवन में इस रंग का भी अपना महत्व है।

लाल, पीले और हरे रंग की तरह बेंगनी रंग के बिना होली का त्योहार सूना- सूना-सा लगता है। बच्चे और युवक होली पर दूसरों को परेशान करने के लिए काले और बैंगनी रंग की पिचकारियों का अधिक इस्तेमाल करते हैं। जब बैंगनी रंग किसी के कपड़ों पर और शरीर पर लग जाता है, तो आदमी को क्रोध-आवेश आ जाता है। सामान्य दशा में वह गुस्से से तिलमिला उठता है। ऐसे तुनक मिजाज लोगों को देखकर होली के हुड़दंगियों को खुशी होती है। बैंगनी रंग मानव के शरीर के सातवें चक्र अर्थात सहस्रार चक्र को दर्शाता है।

इस चक्र का रंग भी बैंगनी है। यह रंग आध्यात्मिकता, ज्ञान, विवेक, आत्मत्याग और मनुष्यता का प्रतीक है। ऐसा माना जाता है कि बैंगनी रंग के संतुलन से मानव के अंदर विवेक, आध्यात्मिकता और आन्तरिक त्याग की भावना जागृत होती है। इस रंग के प्रभाव से उसका ध्यान एकाग्र होता है और उसके अंदर मानवीय करुणा और दया की भावना आती है। तो आइए, हम सभी भारतीय-जन मिलकर एक-दूसरे को होली के इन विविध रंगों में रंग लें और सब तरह के भेदभाव और मनमुटाव भूलकर होली के सतरंगी रंगों में घुल-मिलकर बड़े ही सद्भाव, प्रेम, शान्ति, उल्लास और हर्ष के साथ होली का त्यौहार मनाएँ।

होली के रंग

चन्दर अपने घर की छत पर खड़े होकर सुबह- सुबह होली का त्यौहार देखने की कोशिश कर रहे थे......। आज होली थी और उन्हें अपने मौहल्ले में होली का रंग ही नहीं दिखाई दे रहा था।

एक बार फिर उन्होंने अपनी आँख की ऐनक को उतार-पौंछकर ठीक किया। सोचा कि शायद मुझे ठीक से दिखाई ही न दे रहा हो। गली की औरतें और बच्चे आपस में होली खेल रहे हों और मुझे ढलती उमर में कम होती आँखों की रौशनी के कारण ठीक से कुछ नजर न आ रहा हो, वर्ना ऐसे कैसे हो सकता है कि होली का त्यौहार आए और गली में हुड़दंग न मचे?

फिर चन्दर को ख्याल आया कि कहीं ऐसा तो नहीं कि होली आज न होकर कल हो। मौहल्ले की गली सूनसान दिखाई दे रही है, मानो आज होली का त्यौहार ही न हो। सुजाता (पत्नी) ने तो यही कहा था कि आज होली खेली जाएगी। कल रात होलिका जलाई भी गई थी। यह बात दूसरी है कि कल के होलिका-दहन में पहले जैसी रौनक नहीं थी। शहर के कई लोग तो मोबाइल पर फेसबुक और वाट्स अप चलाने में, मनोरंजक वीडियो देखने में इतने

व्यस्त रहते हैं कि उन्हें पता ही नहीं चलता है कि त्यौहार कब आकर चला गया। उनकी आँखें मूल रूप से मोबाइल की स्क्रीन पर ही जमी रहतीं हैं। जब अन्य लोग उनसे चिल्लाकर कहते हैं कि 'त्यौहार मनाइये', तब वे उन्हें ख्याल आता है कि आज त्यौहार है और उसे औपचारिकता वश: कुछ तो मनाया जाना चाहिए। कल रात घर की महिला और बालिकाओं के उद्योग से सबने अपने-अपने घर में होली तो जलाई, लेकिन उस होलिका-दहन में वैसी खुशी और रौनक नहीं थी, जैसी पहले हुआ करती थी।

पहले घर के सब बच्चे अपने माता-पिता और घर के सब बुजुर्गों के साथ घर के आँगन या बाहर चबूतरे पर इकट्ठा होते थे। सुबह ही उस जगह को गोबर से लीपकर पवित्र कर दिया जाता था और गोबर की सूखी गुलेरियों की मालाओं का ढेर या होलिका को उस जगह पर बैठा दिया जाता था। रात में जब मौहल्ले की सामूहिक होली जलती थी, तो बच्चे उस होलिकाग्नि में से अपने घर के लिए आग लेकर आते थे। फिर खुशी-खुशी सब मिलकर होलिका के गीत गाते हुए घर की होली जलाते थे। उस गृह-होलिका में चने और गेंहूँ की बालों को भूना जाता था। घर के सब बच्चे अपने हाथों से भुने हुए अन्न व चनों के दानों को निकालते थे। पहले वे अपने माँ-बाप और घर के बुजुर्गों के पैर छूकर उनसे आशीर्वाद प्राप्त करते। कृपा-स्वरूप उन्हें बड़ों से भुने अन्न के दाने खाने को मिलते थे। कई भुने दाने वे अपनी मुट्ठी में भरकर आस-पड़ोस वालों को देने जाते। वहाँ भी बड़ों के पैर छूकर उनका आशीर्वाद लिया जाता था। बच्चे अपने परिवार वालों के साथ घर में जल रही होलिका की परिक्रमा

लगाते हुए सबके साथ होलिका के गीत और नीति-दोहे गाते थे। लेकिन कल रात का होलिका-दहन चन्दर को कुछ सूना-सूना सा लगा। उनके बच्चे अब टेलीविजन कम देखते थे, बस अपने-अपने मोबाइल पर चिपके रहते थे। कल रात भी तीनों बच्चे अपने- अपने मोबाइलों पर चैट और वीडियो का आनन्द ले रहे थे।

चन्दर ने कहा कि गली के बाहर होली जल रही है, कोई होली की आग लेकर आओ, तो किसी ने सुना नहीं। मोबाइल के शौक ने तीनों बच्चों को अवज्ञाकारी बना दिया था। जब वे मोबाइल पर कोई चीज देख रहे होते, तो अपने माँ-बाप की बात एक कान से सुन दूसरे से निकाल देते थे। अगर उनके दोनों पुत्र मोबाइल देखने में व्यस्त होते तो स्वयं भगवान आकर भी उनसे कोई काम नहीं करा सकता था। हाँ, कभी-कभी उनकी बेटी को ही अपने माँ-बाप पर दया आ जाती थी और वह अपना मोबाइल बन्द करके उनकी आज्ञा का पालन करने चली जाती थी। कल रात होलिका की आग बेटी को नहीं, बेटे को लानी थी। वह बेटों का अर्थात

कुल के वंशधर का ही दायित्व था कि वे होलिका की अग्नि को घर में लेकर आएँ, लेकिन मोबाइल देखने के चक्कर में दोनों में से कोई बेटा प्रज्वलित अग्नि लेने न गया। बस, दोनों 'हाँ-हूँ' करते रहे। अन्ततः चन्दर ने ही चिमटा-थाली उठाई और वे होली की आग लेने गए। इसके बाद घर की होली का दहन हुआ। जिस समय चन्दर और उनकी धर्मपत्नी होलिका के करीब बैठ मिलकर होलिका-गीत गा रहे थे, उस समय भी उनके दोनों साहबजादे अपने-अपने मोबाइल पर चैट करने में व्यस्त थे। हाँ, उनकी बिटिया को जरूर अपनी माँ की हालत पर दया आ गई थी और वह अपना मोबाइल भीतर कमरे में रख माँ के साथ होलिकामाई के गीत गा रही थी। जब गीतों का क्रम समाप्त हुआ और होलिका-वेदी की परिक्रमा लगाने की बारी आई, तो चन्दर अपने दोनों बेटों को फटकारते हुए कहने लगे -- " अरे कम्बख्तों ! परिक्रमा तो लगा लो!!"

पिता के इस प्रकार चिल्लाने पर मानो सोनू और मोनू नींद से जागे और अपने मोबाइल जेब में डाल 'ठीक है पापा' कहते हुए अपने माता-पिता के पीछे प्रज्वलित होलिका की परिक्रमा लगाने को उद्यत हुए। इसके बाद घर के सदस्यों ने होली-माई की सात परिक्रमा लगाईं और बीच-बीच में कबीर और रहीम के नीति-दोहे भी गाए। माँ ने दोनों बच्चों को पिता के पैर छूने की याद दिलाई। मोबाइल के शौक ने सोनू-मोनू को घर के कई शिष्टाचार भुला दिए थे। मोबाइल चलाने के चक्कर में घर के बड़ों का आदर और अतिथि-सत्कार आदि की उन्हें याद ही नहीं रहती थी। घर का काम करने की बात तो दूर, वे अपने खुद के जरूरी कार्यों को

मोबाइल के शौक के कारण पूरा नहीं कर पाते थे।

गृह-होलिका-दहन के समय चन्दर ने चने और अन्न के कुछ बालों (फलियों) को भूना था। कायदा तो यह था कि सोनू-मोनू खुद अपने हाथों से उन बालों को भूनते तथा अपने माँ-बाप के पैर छूते हुए नववर्ष की पहली फसल का पहला अन्न अपने माता-पिता को अर्पित करते ,लेकिन इस वर्ष मोबाइल के नए-नए लगे शौक के कारण घर के कई शिष्टाचारों की तरह इस शिष्टाचार को भी वे भूल गए थे। तब चन्दर ने ही अपने हाथों होलिकाग्नि में भूना अन्न अपने दोनों बेटों और बेटी को दिया। माँ ने दोनों की मुट्ठी में थोड़ा-थोड़ा अन्न देकर कहा -

" इसे अपने पड़ोसियों को देकर, उनकी दुआ- आशीर्वाद लेकर आओ ! "

सोनू-मोनू ने अपने माँ-बाप के पैर छूकर जल्दी- जल्दी अपने एकाध पड़ोसी को अन्न प्रदान करने की औपचारिकता निभाई। अब तक घर की होली भी पूरी तरह से जल चुकी थी। रात के दस बज रहे थे। घरवालों के सोने का समय हो चुका था, लेकिन सोने से पहले सोनू और मोनू जब तक एक घण्टा मोबाइल न चला लें, उन्हें नींद ही नहीं आती थी।

तीनों बहिन-भाइयों के पढ़ने-लिखने और शयन- आराम करने का कमरा दूसरा था, इसलिए पिता चन्दर को पता ही नहीं चल पाता था कि उनके साहबजादे रात को कितने बजे तक मोबाइल पर चैट किया करते हैं !

* * * *

आज होली खेलने का दिन था, इसलिए सुबह चन्दर अपने बिस्तर से जल्दी ही जाग गए थे और उनकी पुत्री व पत्नी भी घर के झाड़ू-पौंछा तथा रसोई के काम आदि निबटाने के लिए जल्दी जाग गईं थीं। जब ये तीनों नहा-धोकर तथा घर का कुछ काम पूरा करके निबटे, तो सबके लिए चाय बनाई गई और चाय की आवाज सुनकर दोनों भाइयों ने अपनी आँखें खोलीं।

सोनू और मोनू के लिए वह सुबह अपने पड़ोसी- मित्रों के पास जाकर होली खेलने की नहीं, बल्कि अपने मोबाइल पर होली के नए-नए लुभावने कन्टेन्ट देखने-सुनने की थी। कल छुट्टी के दिन सुबह से लेकर शाम तक वे अपना मोबाईल देखने में ही लगे रहे। माँ ने कितना कहा कि बाजार जाकर रंग, गुलाल और पिचकारी ले आओ, लेकिन दोनों अपनी जगह से टस से मस न हुए ; हाँ, माँ और छोटी बहिन के परिश्रम से बनाए हुए पापड़, गुझिया, बेसन के मीठे-नमकीन सेब और अनरसे वे खूब मजे ले-लेकर खाते रहे। माँ मना करती थी कि ये सब चीजें कल त्योहार पर खाना, लेकिन सोनू और मोनू भला कहाँ मानने वाले थे ? माँ से कहने लगे -- "इन चीजों को खाने के लिए साल भर से तरस रहे हैं माँ, खाने दीजिए। कल होली के दिन हमको कम चीजें दे देना। "

बेचारे चन्दर ही हारकर बाजार गए और घरवालों के लिए रंग, गुलाल और पिचकारी आदि खरीदकर लाए। उन्हें उम्मीद थी कि बीते कई सालों की तरह इस बार भी पिचकारी से खूब होली खेली जाएगी। बेचारों को क्या पता था कि पिचकारी और पानी के रंगों से होली खेलने का वह युग समाप्त हो गया है !

जैसे सावन-मास से झूले लापता हो गए, वैसे ही फागुन-मास की होली से पिचकारियाँ और रंगों की बौछारें भी लुप्त होती जा रहीं थीं।

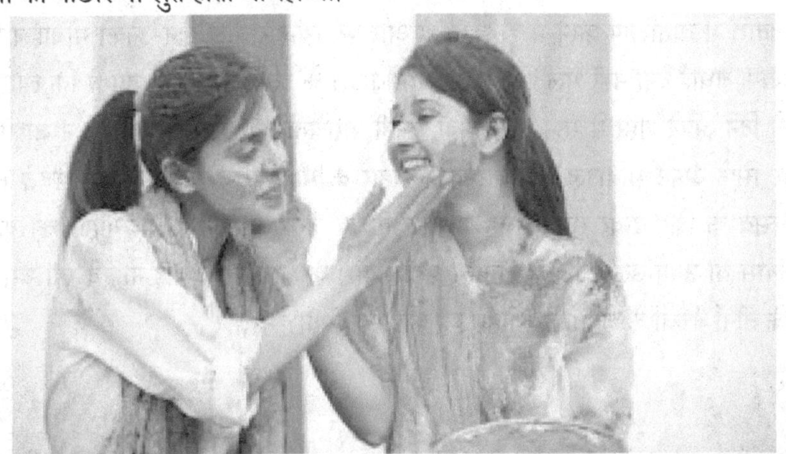

जी हाँ, इक्कीसवीं सदी का यह नया जमाना था ; जिसे 'डिजीटल-युग' कहा जाता था। जगत की और सारी परम्पराओं, रीति-रिवाजों, लोकाचार और व्यवहार की तरह समस्त पर्व और त्यौहार भी शनै:-शनै: डिजीटल होते जा रहे थे। अब लोगों ने सामान्य दिनों की तरह तीज-त्यौहारों पर भी प्रत्यक्ष रूप से मिलना-जुलना छोड़ दिया था। त्यौहार के दिन प्रात:काल ही एक-दूसरे को मोबाइल-संदेशों के जरिए बधाई देने में अपने कर्त्तव्य की इतिश्री समझ ली जाती थी। ये बधाई-संदेश मौखिक और चित्रित दोनों प्रकार के होते थे। इनमें संदेश और चित्र इतने आकर्षक होते थे कि बधाई पाने वाला भी हर्ष से गदगद हो जाता था। फिर वह इस बात की जरूरत नहीं समझता था कि मोबाइल पर बधाई-संदेश भेजने वाला रूबरू उसके पास आए और होली या दीपावली की सम्मुख मुबारकबाद दे। हाँ, ईद के त्यौहार में सम्मुख आकर गले मिलने की परम्परा जरूर शेष रही थी। उसके लिए भी गूगल-कम्पनी कोई ऐसा गहरा तरीका खोज रही थी, जिससे ईद के दिन किसी दूसरे के घर या द्वार पर जाने की जेहमत न उठानी पड़े और मोबाइल की स्क्रीन को मात्र टच करके ही ईद की मुबारकबादें भर-भर सब लोगों को दी जा सकें।

चन्दर इस बात को महसूस कर रहे थे कि मोबाइल-युग में आदमी, आदमी से कट-सा गया है। अब वह पहले की तरह एक-दूसरेके सामने हँसते- मुस्कराते हुए नहीं आता। प्रत्यक्ष वार्तालाप करने के बजाय वह मोबाइल पर ही एक-दूसरे से बतियाने अथवा अपना संदेश

प्रेषित करने को ही नए जगत का नया और सफल व्यवहार समझता है। मोबाइल तो चन्दर के पास भी था, लेकिन वे उसका इस्तेमाल सिर्फ अपने दूरगामी मित्रों और रिश्तेदारों से वार्तालाप करने में ही करते थे और पर्व-त्यौहार वाले दिन उनको मोबाइल पर मौखिक बधाई देना नहीं भूलते थे। अभी वे मोबाइल के इतने आदी नहीं हुए थे कि त्यौहार वाले दिन अपने शहर में रहने वाले मित्रों, स्नेही परिचितों और रिश्तेदारों के घर न जा सकें और सिर्फ अपने मोबाइल से ही उनको त्यौहार के मौखिक व चित्रित संदेश भेजते रहें। रंगोत्सव के दिन चन्दर सुबह-सुबह जल्दी जागे तो जरूर, लेकिन होली-त्यौहार का कोई उल्लास या उमंग-उल्लास उन्हें लोगों (पड़ोसियों) के चेहरे पर दिखाई नहीं दे रहा था। न उनके तीनों बच्चों के चेहरों पर त्यौहार की कोई खुशी थी।

मानों कि वह अन्य दिनों की तरह ही एक साधारण दिवस ही हो। वे बीते कुछ दिनों से देख रहे थे कि अब तो बच्चे कोई पर्व या त्यौहार आने की प्रतीक्षा भी नहीं करते हैं। उनके खुद के बच्चों के दिल में भी होली-पर्व को लेकर न तो उमंग-उल्लास था, न विशेष खुशी थी और न ही त्यौहार के आने की प्रतीक्षा थी। बीते दस दिनों से किसी बच्चे ने अपने मुँह से उनसे कहा भी नहीं था कि होली का त्यौहार आने वाला है, इसलिए बाजार जाकर अपनी पसंद की कुछ चीजें खरीदी जाएँ या शॉपिंग की जाए। उनके लिए मानो वर्ष के 360 साधारण दिनों की तरह एक वह होली का दिन भी था।

सुबह के पाँच बजे, जब मास्टर चन्दर के तीनों बच्चे अपने कमरे में पड़े-पड़े सो रहे थे, तो चन्दर यह देखने के लिए उनके कमरे में गए कि बच्चे अभी जागे हैं या नहीं। वे सोचते थे कि शायद त्यौहार की खुशी और उल्लास ने अब तक बच्चों को जगा दिया होगा, लेकिन उनके तीनों बच्चे तो अभी तक पलंग पर पड़े खर्राटे भर रहे थे। कल रात होली जलाने के बाद उनकी पुत्री तो करीब ग्यारह बजे मोबाइल पर अपना शौक पूरा करके सो गई, क्योंकि उसे माँ ने कहा था कि कल त्यौहार के दिन घर का बहुत सारा कामकाज करना है, इसलिए तुम्हें जल्दी जगना होगा ; लेकिन सोनू और मोनू को सुबह जल्दी जगने की ऐसी कोई बाध्यता नहीं थी। रात को मोबाइल पर खूब वाट्स अप, फेसबुक चलाकर और कई रंग-बिरंगे वीडियो देखकर ये दोनों

महारथी साढ़े बारह बजे सोए थे, इसलिए अभी जल्दी जागने वाले नहीं थे।

चन्दर अब तक अपने बच्चों के कमरे के दो चक्कर लगा चुके थे। आज रंगोत्सव था और उनके बच्चे इस तरह बेसुध और बेखबर होकर सोए थे, मानो आज त्यौहार न होकर कोई सामान्य दिन हो।उन्होंने अपने पुत्र-पुत्रियों को बार-बार आवाजें लगाकर, उन्हें अपने हाथों से हिला-डुलाकर जगाने की कोशिश की -- " अरे ! उठो बेटा !! सोनू-मोनू उठो ! जाग जाओ। उठ जाओ बेटा ! आज त्यौहार का दिन है। कब तक इस प्रकार सोए रहोगे ? उठ जाओ !! " इन दोनों भाइयों की नींद इतनी गहरी थी कि उन पर बातों का या मुख की आवाज का कोई असर होने वाला नहीं था। तब चन्दर ने दोनों को क्रमशः हिला-हिलाकर जगाने की कोशिश की। उनकी बेटी तो जाग चुकी थी, लेकिन सोनू और मोनू ऐसे ही पलंग पर सोए रहे। उनका कहना था -- " आज होली है। स्कूल की छुट्टी है। हमें सोने दीजिए। "

सोनू और मोनू के लिए विद्यालय का अवकाश ही सबसे बड़ा त्यौहार था और इस दिन

सुबह देर तक सोना वे अपना जन्मसिद्ध अधिकार मानते थे। उनकी बिटिया तो कबकी जागकर माँ के साथ काम में लगी थी, लेकिन दोनों पुत्रों को जगाने के चन्दर के सारे प्रयत्न असफल सिद्ध हुए। वे हारकर अपनी धर्मपत्नी के पास जाकर कहने लगे --"आज होली का त्यौहार है और ये दोनों शैतान जाग ही नहीं रहे हैं !! "

उनकी धर्मपत्नी अपने बेटों को जगाने का तरीका जानतीं थीं। इसलिए वे हँसकर कहने लगीं --

" कुछ देर और सो लेने दीजिये उन्हें। वैसे भी आपको उन्हें अभी जगाकर कौनसा खेत में हल चलवाना है ? चाय तैयार हो रही है। अभी चाय- नाश्ते के लिए आवाज लगाई जाएगी, तो दोनों दौड़े-दौड़े यहाँ रसोई में आएँगे। चाय-नाश्ते का लालच दिए बिना ये शैतान नहीं जागने वाले। "

जब चाय बनकर तैयार हुई और सोनू-मोनू को चाय-ब्रेड के लिए आवाज लगाई गई, तो सोनू-मोनू सचमुच ही बिना प्रयास के जाग गए। कुछ क्षण उन्होंने बिस्तर से उठने में आनाकानी की, लेकिन होली के विशेष व्यंजन ' गुंझिया ' और ' लड्डु ' का नाम सुनकर उनके मुँह में पानी आ गया। इसके बाद उन्हें अपने पलंग पर लेटने, सोने या आराम करने में बेचैनी होने लगी। दोनों भाई खाने के बड़े लालची थे। अपने मनपसंद व्यंजनों के लिए वे अपनी कोई भी शर्त, कोई भी नियम तोड़ने और कुछ भी कर गुजरने को तैयार रहते थे।

यद्यपि घर का नियम यह था कि नहाए-धोए बगैर नाश्ता नहीं किया जाएगा, लेकिन सोनू-

मोनू को उनकी पसंद का नाश्ता दिए बगैर स्नान कराना आसान काम नहीं था। ये दोनों शैतान बालक अपनी जिद से घर के नियमों में छूट ले ही लेते थे।

चन्दर ने जब अपने पुत्रों को बिना नहाए और कुल्ला किए चाय-नाश्ता खाते हुए देखा, तो वे उन्हें डाँटने लगे -- " अरे कमबख़्तों ! कम से कम हाथ-मुँह धोकर कुल्ला तो कर लो !! "

" कोई बात नहीं, ऐसे ही ठीक है पापा ! " -- गुंझिया मुँह में डाल उसे चाय के साथ चबाता हुआ सोनू लापरवाही के साथ बोला।

उसके पिता ने कहा -- " तुम्हें नहाना चाहिए था ! "

" अभी नहाने से क्या फायदा ! किसी यार-दोस्त ने आकर रंग डाल दिया, तो फिर नहाना पड़ेगा। अब तो होली खेलकर दोपहर को ही नहाएँगे हम दोनों। आप सब नहाइए, शौक से ! "

ऐसा लगता था, जैसे ये दोनों भाई नींद आ जाने के कारण कल रात अपना मोबाइल देखने का शौक पूरा नहीं कर सके थे। दोनों अपने-अपने मोबाइल चार्जर में लगाकर सोए थे, ताकि कल होली वाले दिन सुबह से शाम तक मोबाइल पर खूब सारी चीजें देखें-सुनें। इसलिए चाय-नाश्ता करते हुए वे अपनी-अपनी जेब से मोबाइल निकालकर चलाने लगे।

चन्दर को अपने बच्चों का मोबाइल-शौक अच्छा न लगता था, लेकिन त्यौहार वाले दिन सुबह-सुबह वे पुत्रों को डाँटना नहीं चाहते थे। चन्दर ने सोचा कि मोबाइल पर उनके बेटे अपने मित्रों को होली की मुबारकबादें भेज रहे होंगे, इसलिए वे खामोशी से चाय पीते रहे। इसके बाद

वे छत पर टहलने के लिए ऊपर आ गए।

' आज होली है, रंगों का त्यौहार है। हर बार की तरह इस बार भी होली हमारे मौहल्ले में खूब खेली जाएगी ', यह सोचकर वे मन ही मन बहुत खुश हुए। कुछ ही क्षणों में सूर्य-नारायण क्षितिज से निकलकर अपनी श्वेत-रजत किरणें बिखेरते हुए अम्बर में छा गए, लेकिन चन्दर को मौहल्लेवालों के बीच होली की जिस प्रकार की हलचल की आशा थी, वैसी हलचल उनको दिखाई नहीं दी। सुबह के सात बजने तक गली सुनसान-सी ही रही। चन्दर ने सोचा कि कल रात लोग होली फूंककर देर से सोए होंगे, इसलिए अभी तक ठीक से नहीं जाग पाए होंगे ; लेकिन वह बात नहीं थी। वर्षों से एक जैसी होली-दीवाली मनाते-मनाते लोगों के मन से इन त्यौहारों की रुचि और उत्सुकता अब समाप्त होने लगी थी।

भारत में जितने भी उत्सव, पर्व और त्यौहार मनाए जाते हैं, वे मन की खुशी, उमंग-उल्लास और मनोरंजन की लक्ष्यपूर्ति के लिए ही मनाए जाते हैं।

त्यौहारों का धार्मिक महत्त्व तो होता ही है, लेकिन उससे अधिक उनका मनोवैज्ञानिक महत्त्व भी होता है। यह महत्व मेला-आयोजन की तरह है। पहले गाँवों के अंदर मेले लगा करते थे, ताकि जो ग्रामीण जन शहर जाकर अपनी पसंद की जो चीजें न ला सकते हों, वे चीजें उन्हें मेले की विभिन्न दुकानों पर मिल जाएँ। लेकिन जब गाँव क्रमश: विकसित और आबाद होने लगे तो गाँव की दुकानों पर भी वे चीजें मिलने लगीं, जिन्हें ग्रामीण जन शहर की

दुकानों और हाट-मेलों में देखा करते थे। इसका परिणाम यह हुआ कि ग्रामवासियों के दिल से हाट-मेलों का आकर्षण समाप्त हो गया। अब वे मेले की हर चीज अपने गाँव की दुकानों से प्राप्त कर सकते थे और गाँवों की जनसंख्या बढ़ने के साथ-साथ गाँवों के अंदर विभिन्न किस्म की दुकानें भी बढ़ने लगीं। दूकान-व्यवसाय के इस चलन ने मेले-संस्कृति पर गहरी चोट पहुँचाई और उसे लगभग समाप्त-सा कर दिया।

पहले हमारे देश में टी0 वी0, फिल्म, सिनेमा-हॉल और रेडियो आदि मनोरंजन के साधन नहीं थे तो मंचो पर खेले जाने वाले नाटक, रासलीला और रामलीला आदि ही हमारा मन बहलाया करते थे। इसके अलावा बच्चों का मनोरंजन कबड्डी, चोर- सिपाही, आसपाईस आदि खेलों से होता था।लेकिन जब रेडियो, सिनेमा और टेलीविजन का जमाना आया तो शनै:-शनै: रामलीला, रासलीला और थियेटर (मंचीय) नाटकों का दौर समाप्त होने लगा। लेकिन बच्चे और किशोर फिर भी खो-खो, कबड्डी, गुल्ली-डण्डा और गेंद आदि शारीरिक खेलों का दामन पकड़ें रहे।

इसका कारण यह था कि सिनेमा की नई पैदा हुई संस्कृति के अंदर उनकी पहुँच नहीं थी। फिल्म और सिनेमा-हॉल का क्षेत्र बच्चों के लिए वर्जित माना जाता था। अब बच्चे क्या करें ? इसलिए वे भाँति-भाँति के परम्परागत खेलों से ही अपना मन बहलाते थे।

लेकिन समय ने करवट ली और सिनेमा-हॉल की सारी फिल्में घर के टी0 वी0 सैट पर और वह भी मुफ्त में दिखाई जाने लगीं। अब बालक और किशोरों को न तो नजरें बचाकर सिनेमा-हॉल जाने की जरूरत थी और न फिल्म देखने के लिए उन्हें किसी की अनुमति लेने की जरूरत थी। प्रारंभ में बच्चे हर रविवार की शाम अपने घरवालों के साथ बैठकर फिल्म देखा करते थे, लेकिन जब टेलीविजन के चैनलों ने अपने हाथ-पैर फैलाने शुरू कर दिए तो बच्चे और किशोर रोज शाम को फिल्में देखने लगे। टी0 वी0 पर दिखाए जाने वाली फिल्मों, नाटकों, गीतों, समाचार और हास्य- कार्यक्रमों ने बच्चों का मन क्रमश: शारीरिक खेलों से मोड़ दिया। अब वे मैदान के खेलों में हाथ-पैर पटकने के बजाय टी0 वी0 के सामने बैठ अपना पसंदीदा प्रोग्राम देखना ज्यादा सुगम, आकर्षक और मनोरंजनकारी समझने लगे। बालक और किशोरों में लगे टी0 वी0 के शौक ने उन्हें न केवल शारीरिक खेलों की संस्कृति से दूर कर दिया, बल्कि वे कैरम और साँप-सीढ़ी आदि मानसिक या दिमागी खेलों (इण्डोर-गेम) से भी दूर होते चले गए। रही-सही कसर मोबाइल के इस नए आविष्कार ने पूरी कर दी.......।

अपनी छत से गली का सूनापन देखते हुए चन्दर यह सब सोच रहे थे। वे विचार कर रहे थे - - 'कुछ साल पहले सवेरा होते ही मौहल्ले के छोटे बच्चे इस गली में खेलने के लिए आ जाते थे और उनकी माँ जब तक भोजन के लिए उन्हें हाथ पकड़कर न ले जाती, वे जाते नहीं थे और खाना खाने के बाद फिर खेलने के लिए इस गली में आ धमकते थे। दोपहर को बड़ी उम्र के बालक भी अपने स्कूल और कॉलेज की पढ़ाई पढ़कर, खाना खाने के बाद इस गली में आ

जाते थे और खेल खेलते बच्चों से शाम तक इस गली में खूब रौनक रहती थी। जबसे बच्चों के हाथों में टच-स्क्रीन वाले मोबाइल-सैट आ गए हैं, एक भी बच्चा गली में नजर नहीं आता। सब के सब घर के किसी कौने और एकान्त में चुपचाप अपनी रुचि की चीजें मोबाइल पर देखते रहते हैं। बड़ी उम्र के बच्चे वर्जित दृश्य देखते हैं। उन चीज़ों को वे अपने घरवालों से छिपाते हैं। ऐसे में कौन बालक, किशोर अथवा युवा लड़का इस गली में वे पुराने खेल खेलने आएगा ? जब अपने हाथ या जेब का मोबाइल ही उनको मनमाना सुख दे रहा है, तो वे उन पुराने खेलों को याद ही क्यों करेंगे ?.....'

सुबह के आठ बज चुके थे, लेकिन चन्दर को मौहल्ले की किसी भी गली से होली के हुड़दंग का स्वर सुनाई नहीं दे रहा था। वे मन में सोच रहे थे -- 'यह वही मौहल्ला है, जो बीस साल पहले सवेरा होते ही होली वाले दिन होली के हुड़दंगियों से चहक उठता था। बच्चे एक दिन पहले ही रंग, गुलाल और पिचकारी आदि होली खेलने के अस्त्र-शस्त्र तैयार कर लेते थे और रात को घर की होली फूंकने के बाद सवेरा होने का बड़ी बेसब्री से इंतजार करते थे। वे होलिका-दहन के समय ही आपस में इस बात की शर्त लगा लेते थे कि सवेरा होते ही कौन सबसे पहले मौहल्ले वालों पर रंग डालेगा ?........सूर्य-नारायण के उगते ही मौहल्लेवालों का होली खेलना शुरू हो जाता था। कोई रंग और गुलाल दूसरों के गालों पर मलकर होली खेलता, कोई पिचकारी चलाकर होली खेलता था और जिसके पास कुछ न होता, उसे नाली की कीचड़ अपने मित्रों पर डालने में बड़ा आनन्द आता था। जो होली खेलने में डरता-

शरमाता और आनाकानी करता था, उसे पकड़कर सीधा नाली में ही गिराया जाता था। शराबी लोगों के लिए तो नाली ही होली खेलने का सबसे बड़ा ठिकाना थी। ...... लेकिन अब......अब जमाना बहुत बदल चुका है। पानी के रंग बिखेरना जल की बर्बादी मानी जाती है और गलियों में होली का शोर-हुड़दंग मचाना मानो शोर-प्रदूषण का कारण मानकर कानूनी तौर पर वर्जित कर दिया गया है। .....'

चन्दर मन में सोच रहे थे -- ' वे सावन के झूले, गुल्ली-डंडे और होली के हुड़दंगियों वाले दिन अब शायद बीते जमाने की बातें हो चुके हैं। वे उल्लास और बेफिक्री भरे दिन कभी लौटकर नहीं आ सकते। टेक्नोलॉजी की इस बेतहाशा तरक्की ने हमसे हमारा बहुत कुछ छीन लिया है। मोबाइल ने बच्चों से उनका बचपन छीना, युवकों से जवानी का कार्योत्साह छीना और वृद्धजनों से दुआ-आशीष देने की अभिरुचि को छीन लिया है।......'

सुबह के नौ बज रहे थे और उन्हें अपने मौहल्ले की गली में युवकों, बच्चों अथवा किशोरों का कोई भी दल हँसता-गाता, नाचता-झूमता हुआ दिखाई नहीं दे रहा था। ऐसी बात नहीं थी कि उनके गली- मौहल्ले में बालक नहीं थे अथवा किशोर या युवा नहीं थे, लेकिन बदलते समय ने मनोरंजन का एक-एक यन्त्र मोबाइल-उपकरण के रूप में सबके हाथों में पकड़ा दिया था। इस यंत्र के चलते उन्हें अब किसी तीज-त्यौहार अथवा उत्सव की जरूरत नहीं थी। न किसी दोस्त, साथी या पड़ौसी की आवश्यकता थी। जीवन के एक अकेले लम्बे सफर में मानों मोबाइल ही उनके जीवन का सबसे बड़ा सहारा था। जो युवक नौकरी से लगे हुए थे, उनको तो

अपना मोबाइल रीचार्ज करवाने की चिन्ता नहीं रहती थी। जो बेरोजगार थे, किशोर अथवा कम उम्र के बालक थे, उनके जीवन में केवल यही उम्मीद लगी रहती थी कि मोबाइल का डाटा खत्म होने से पहले रीचार्ज के रुपयों का बन्दोबस्त हो जाए बस, बाकी दुनिया जाए भाड़ में। तीज- त्यौहार भी जाएँ भाड़ में। उनकी रस्में ढोते-ढोते तो जमाना बीत गया। दीपावली के पटाखे चलाते और होली के रंगों से खेलते हुए तो सदियाँ बीत गईं; उनमें भला नया क्या है ? लेकिन जो बढ़ते जमाने के साथ न चला, जिसने मोबाइल की टैक्नोलॉजी का उपयोग न किया ; उसका जीवन निस्सार है। उसकी अक्ल कभी विकास नहीं कर पाएगी। वह गधा का गधा बना रह जाएगा।

मोबाइल चलाने वाले नव-पीढ़ी के युवा अक्सर अपने मन में यही सोचते थे। कोरोना-काल के बाद आई इस बार की होली पर अपना मोबाइल त्यागकर गुलाल और पिचकारी हाथ में लेना उन्हें बच्चों का-सा खेल, कुछ अटपटी-सी बात लग रहा था। अपने सात से लेकर दस हजार और पन्द्रह- बीस हजार रुपये तक के कीमती मोबाइल को पानी से बचाने के लिए उन्होंने कसम खाई थी कि वे पिचकारी और पानी के रंगों से अपना बचाव करेंगे। चन्दर के दोनों बालक भी होली की ऐसी शपथ लेने वालों में एक थे। सुबह के साढ़े नौ बज चुके थे और वे दोनों होली खेलने के लिए अपने कमरे से बाहर अभी तक नहीं निकले थे। ऐसी बात भी नहीं थी कि वे अभी तक अपने यार-दोस्तों को वाट्स अप पर होली के संदेश ही पहुँचाने में

लगे हुए थे, लेकिन सच बात तो यह थी कि होली के विशेष मौके पर कई सारे मनोरंजक वीडियो बनाए गए थे और उन्हें देखते-देखते सोनू और मोनू का सुबह से पेट ही नहीं भर रहा था। वीडियो एक से बढ़कर एक थे और वे इतने सारे थे कि खत्म होने का नाम ही नहीं लेते थे। उनकी माँ उनसे बार-बार पूछती --

" होली खेलने कब जाओगे ? "

और दोनों भाई अपने-अपने मोबाइल पर मनोरंजक वीडियो देख हँसते हुए यही कहते -- " चले जाएँगे मम्मी, अभी चले जाएँगे। "

लेकिन उनका ' अभी ' कभी आता दिखाई नहीं देता था।

प्रात: दस बजे चन्दर को अपने घर की छत से मौहल्ले की चार-पाँच स्त्रियाँ, बालिकाएँ एवं कुछ बालक आपस में होली खेलते दिखाई दिए। उन्हें देखकर चन्दर के मन में आशा का नया संचार हुआ। मन में लुप्त हुई उम्मीद की किरण जाग उठी। होली खेलते उस समूह को देखकर वे सोचने लगे --

' होली का त्यौहार आज भी जीवित है। चाहे नवीन तकनीकी कितने ही आकर्षक और लुभावने रूप दिखाए, लेकिन इस विशाल भारत देश की वर्षों पुरानी यह परम्परा कभी नष्ट न हो सकेगी। कोई न कोई तो संस्कृति की टूटकर गिरने वाली ध्वजा को थामने वाला आ ही

जाएगा। हे नारी शक्ति ! तुझे नमन है ......।'

गली में होली खेलती जिन स्त्रियों को देखकर चन्दर ऐसा सोच रहे थे, वे सचमुच ही मोबाइल की लत से अभी दूर थीं। होली खेलने वाले उस समूह की किसी भी महिला, बालक या बालिका के हाथ में अभी तक मोबाइल नहीं आ पाया था। इसीलिए वे सब इतने निश्चिंत और बेफिक्र होकर होली खेल रहे थे। यद्यपि अपने-अपने गृहस्वामियों से अपने लिए नया मोबाइल पाने की इनकी जद्दोजहद चल रही थी।

मोबाइल-सैट से वंचित मौहल्ले की तीन महिलाओं ने तो दो दिन पहले अपने-अपने पतियों से साफ-साफ कह दिया था कि इस बार तो वे होली खेल रहीं हैं, लेकिन अगर कुछ महीने के भीतर उन्हें नया मोबाइल खरीदकर न दिया गया, तो वे होली, दीवाली ; यहाँ तक कि कोई भी त्यौहार नहीं मनाएँगी। ...... और अपनी गृहस्वामिनियों की इस धमकी को सुनकर पति महाशय बड़े गंभीर दिखाई देते थे।

लेकिन चन्दर को इस नई शपथ के बारे में कुछ पता न था। वे तो गली में होली खिलते देख खुशी-खुशी अपने घर के आँगन में उतर आए और सोनू-मोनू को अपने पास बुला उन्हें पिचकारी, रंग और गुलाल देते हुए कहने लगे -- " बच्चों ! मौहल्ले में होली खिलनी शुरू हो चुकी है। लो, इस सबसे तुम भी बाहर जाकर होली खेलो। "

सोनू और मोनू ने बड़े ही उपेक्षा-भाव से पिचकारी और रंग-गुलाल की थैलियों की ओर देखा और यह कहते हुए छत की सीढ़ियों से ऊपर चढ़ने लगे --

" इनसे आप और मम्मी होली खेलें पापा ! हम तो ऊपर जा रहे हैं। हमने अपने दोस्तों को फोन कर दिया है, कुछ ही देर में आते होंगे। जब वे आवें, तो उन्हें ऊपर हमारे पास भेज देना और एक ट्रे में चाय -नाश्ता भी। गुंझिया-पापड़ वगैरह ! "

इन दोनों भाइयों का मोबाइल पर होली के वीडियो देखते-देखते पेट न भरा था, अतः घर की छत के दो अलग-अलग कौनों में बैठकर दोनों आगे के वीडियो देखने लगे।

चन्दर ने होली के रंग और पिचकारी के प्रति अपने पुत्रों की उदासीनता देख एक लम्बी दुःखभरी सांस खींची और निराश हो चले। उनकी पत्नी सुजाता ने जब अपने पति को इस प्रकार दुःखी और उदास देखा, तो उनके हाथ से पिचकारी सहित होली खेलने का सारा सामान ले लिया। पहले अपने हाथों से अपने पति के माथे और गालों पर गुलाल लगाया, इसके बाद एक कटोरे में हरा रंग घोल पिचकारी रंग से भरी, फिर रंग की बौछार से उन्हें नहलाते हुए हँसकर बोली -- " होली है भई, होली है .....!! "

होली की सरगम

सा = सात रंग की होली देखो,
हरी, गुलाबी, पीली है।
शर्ट किसी की लाल हुई और,
किसी की हुई नीली है॥

रे = रेखा किंचित नहीं लाँघनी,
हमको निज मर्यादा की।
याद करें हम होली पावन,
श्रीकृष्ण और राधा की॥

ग = गम और दु:ख-दर्द सभी,
हम जीवन के भुला देवें।
क्षमाशील हो रहें ; किसी को,
कठिन नहीं सजा देवें॥

म = मन के सारे कपट-ईर्ष्या,
क्रोध-वैर भुलाएँ हम।

प्रेम-रंगों से खेलें होली,

नांचें-झूमें-गाएँ हम।।

प = पंचतत्त्व की बनी देह पर,

आओ हम डालें गुलाल।

मन में भर लें उल्लास हम,

जीवन होगा खुशहाल।।

ध = धन-वैभव का गर्व न कीजै,

वह तो नश्वर माया है।

आचरण हम श्रेष्ठ बनाएँ,

सद्कर्म सुख-छाया है।।

नि = निर्मल-मधुर बनाएँ वाणी,

सद्गुणों को अपनाएँ।

यह सरगम हर एक द्वार पर,

होली की हम सुनाएँ।।

प्रेम-रंग की होली

होली के कितने त्यौहार,

हमने अब तक मनाए हैं।

हर साल ही रंग और गुलाल,

एक-दूजे पर बरसाए हैं।।

लेकिन फिर भी न जीवन में,

कुछ प्रेम-प्यार उमड़ पाया।

हर साल रंग से हीन जिन्दगी,

को उखड़ा ही है पाया।।
हम वर्ष के केवल एक दिन ही,
होली खेलते औपचारिक।
उस दिन भी नेह जुटा न पाते,
हम हृदय से व्यवहारिक।।
आओ हम अबकी बार,
स्नेह के रंग से मिल होली खेलें।
जीवन के सारे दु:ख-दर्द,
संकट आओ मिलकर झेलें।।

होली : कटुता और वैर का अन्त

होली चीखकर कहती है --
" कटुता-वैर का अन्त करो।
न भेदभाव रखो मन में,
किंचित परमेश्वर से डरो।। "
यदि अब तक भी अपने मन में,
स्वाभाविक मृदुता न आई।
यदि आज तलक भी डाल रखी,
हमने निज हृदयों में खाई।।
तो किस हिसाब से हँसकर हम,
होली का पर्व मना सकते ?
यदि स्नेह नहीं हो अन्तर में,
तो कैसे खुशी मना सकते ?
हर एक पर्व निश्छलता से,

जग में मनाया जा सकता।
वहाँ कभी हर्ष न आ सकता,
जहाँ कटुता-वैर पला करता।।

प्रकृति की होली

जब प्रेम-रंग से रंग जाए मन,
तब ही समझो होली है।
उल्लास जगाएँ साँसें नित,
होली की वही ठिठोली है।।
उषा हर दिन क्षितिज-पट से,
हँसकर यह पर्व मनाती है।
वह बिना कहे अरुणाभ रंग,
नभ के पथ में बिखराती है।।
पादप के हरे वर्ण से नित,
प्रकृति खेलती है होली।
उपवन के सुरभित सुमनों से,
वह लगाती मस्तक पर रोली।।
फिर निशा-काल शशि-नक्षत्र,
ज्योत्सना का शुभ्र रंग ले।

प्रात: तक पर्व मनाते यह,
जिसके तले जग के स्वप्न पले।।

माँ की गुंझियाँ

माँ ! याद अभी भी आती हैं,
होली की तेरी वे गुंझियाँ।
पापड़ ; अनरसे व्यंजन,
मिष्ठान्न बनाए जो बढ़िया।।
उस दिन हम दोनों भाई के,
स्कूल की छुट्टी रहती।
और पिता भी न जाते दफ्तर,
त्यौहार-खुशी सब घर मनती।।
तू बड़ी बहिन के साथ सभी,
पकवान बनाती थी प्यारे।
मठरी नमकीन और मीठी,
हम लेकर खाते चटकारे।।
माँ ! आज बैठ जब होली के,
गुंझियाँ-पापड़ देखता हूँ।
तेरे आँचल में बिताए वे,
सुखदाई याद पल करता हूँ।।

होलिका-दहन-मुहूर्त

बज चुके सवा ग्यारह रात के,
होलिका-दहन-प्रतीक्षा है।
'कब आग लगेगी होली में ?'
करता हर एक समीक्षा है।।
जोशी ने आकर चिन्गारी,
हीलिका-ढेर पर प्रकटाई।
फिर शनै:-शनै धूँ-धूँ करके,
जलने लगी होली माई।।
सब गली-मौहल्ले के लड़के,
लेने पावक-खण्ड आए।
'जय होली माई' ; 'जय होलिका'
-- कहकर एक स्वर में चिल्लाए।।
हमने भी अपनी बाल्टी में,
अग्नि का पावन खण्ड रखा।
ले आए अनल अपने घर में,
संग कौशल के बनकर सखा।।

दूज का टीका

एक बहिन भाई के मस्तक पर,
मंगल टीका लगाती जब।
भाई के अन्तर में सारी,
जीवन की खुशी समाती तब।।
होकर विपन्न भी वह खुद को,
सबसे धनवान समझता है।
जीवन-पथ पर प्रेम भगिनी का,
उसकी रक्षा करता है।।
भाई-दूज के दिन बहिनें,
भाई से मिलने आती हैं।
अपने आँचल का सकल नेह,
वे बिन माँगे दे जाती हैं।।
इन पावन पर्वों के कारण,
अब भी रिश्तों में शुचिता है।
वर्षों के बाद बनी हुई,
सम्बन्धों की दिव्यता है।।

होली का गुलाल

सबके भाल पर सजा दिव्य,
यही तो होली का है गुलाल।
यही बनाता सबके जीवन को,
सुन्दर-सुगठित-खुशहाल॥
आओ हर्ष से झूमें हम,
होली पर दु:ख भुलाएँ सब।
न बीती बातें याद रहें,
बस याद रहे केवल एक रब॥
इन रंगों के बीच अपना,
यह अहंकार अब छिप जाए।
अब कोई कर्म न ऐसा हो,
जिससे अपना मन पछताए॥
गुलाल जिन्दगी का रंग है,
मिलकर मनाएँ हर्षोत्सव।
ईर्ष्या-दैन्यता-चिन्ता के,
मिट जाएँ जीवन में कलरव।

होली है...

होली-पर्व सुहाना ; अभिनव,
सौगातें लेकर आया।
इस पर्व के उत्सव पर
सारा ही भारत हर्षाया।।
होली मन के वैर मिटाती,
द्वेष-भाव भुलाती है।
इस पर्व पर जन की रोती,
दुनिया भी मुस्काती है।।
अपने मित्रजनों की हँसकर,
बनाओ भाई तुम टोली।
विविध रंगों से हर्ष-पर्व यह,
मनाओ भाई तुम होली।।
इस बार तुम प्रेम-रंग से,
हर एक को रंग देना।
हो सके जहाँ तक तुम,
औरों की मदद करना।।

होली आई

सबके गले लगा मिलने का,
एक ही होली-त्यौहार।
यह विधाता का ; कुदरत का,
अनुपम-पावन उपहार।।
होली सदा यही कहती है --
" सबके संग तुम बात करो।
जो बुरा है ; त्यागो उसको,
जो अच्छा ; तुम उसे वरो।। "
होली तो सदभाव सिखाती,
कटुता-वैर मिटाती है।
सभी पंथ के और धर्म के,
जन को गले लगाती है।।
गुंझिया और मिठाई खाओ,
रंग लगाओ तुम सबके।
नहीं रहो तनावग्रस्त तुम,
जीवन जी लो हँसकर के।।

होली का सन्देश

हँसी और मुस्कानों का यह,
पर्व सुहाना होली है।
जीवन का सुर-संगीत है,
मधुर तराना होली है॥

होली सदा यही कहती है,
प्रेम रंग में मन रंग लो।
हँसते-गाते और मुस्काते,
सबके साथ-साथ चलो॥

हर दिन सदा मनाओ उत्सव,
हर दिन करो नया सृजन।
परहित अपना त्याग करो कुछ,
राष्ट्र पर करो अर्पण॥

केवल स्वार्थमय जीना ही,
होली का सन्देश नहीं।
होली पर हँसता नभ सारा,
और मुस्काती सकल मही॥

होली अर्थात 'हो ली'

बीत गई जो बात पुरानी,
उसको अब न याद करो।
दुर्बलता से सिसक-सिसककर,
किंचित न फरियाद करो।।
होली कहती यही -- " हो चुकीं,
भूत विगत दिन की बातें।
भूल जाओ वे दु:खदाई पल,
कष्टमय लम्बी रातें।। "
यह सच है ; बीती बातों से,
हमें कुछ नहीं मिलना है।
जो करना है ; वर्तमान में,
दृढ़ निश्चय से करना है।।
'होली' का इंग्लिश अर्थ है,
निर्मल उर को कर डालो।
होली तभी मनेगी अच्छी,
जब खुद को बदल डालो।।

होली का तिलक

कल है होलिका-दहन और,
परसों होली खिल जाएगी।
मैं आज पड़ा हूँ दिल्ली में,
कल मेरी बारी आएगी।।
कल सुबह-सुबह बैठ बस में,
मैं धौलपुर पहुँच जाऊँगा।
और रात होली जलेगी जब,
मैं अग्नि लेकर आऊँगा।।
तुम घूम लो सारी पृथ्वी को,
पर त्यौहार-दिन घर आओ।
जो करते तुमसे स्नेह,
संग उनके पर्व मनाओ।।
कुछ नया सृजन करने को व्यक्ति,
घर छोड़कर जाता है।
वह जाता उसे प्राप्त करने,
जो घर में न मिल पाता है।।

परिवार के संग हेलिका-दहन

पुस्तक-मेले से ठीक-ठाक,
मैं सायंकाल घर पर आया।
होली की आग गया लेने,
होलिका-दहन फिर मनाया।।
इस बार पिताजी और माँ न,
होलिका-दहन कुछ सूना-सा।
न सुनाई दिया माँ-मुख से,
होलिका-दहन का शुभ गाना।।
होलिका-पर्व जब आता था,
माँ कई भजन सुनाती थी।
वह साथ पिता के बैठ दुआ,
आशीष सभी को देती थी।।
इस बार पिता और माँ के बिन,
सूनी लगी जैसे दुनिया।
दिल्ली में चहुँदिश घूम-घूम,
मैं हाय ! बन गया छीतरिया।।

युगल दुबे का होली-यंत्र

होलिका-दहन जब हुआ रात,

होली-मण्डप में आग लगी।

सब लेने गए अग्नि-खण्ड,

इस हेतु युक्तियाँ नई जगी।।

किशोर पड़ौसी युगल दुबे,

ने नया यंत्र निर्मित करके।

होली की आग निकाली,

अग्नि से सुरक्षित बचकर के।।

इस यंत्र-सहारे कई, पड़ौसी-

जन का भी कल्याण किया।

अपने शौर्य के बल पर सबको,

एक-एक अग्नि-खण्ड दिया।।

होलिका-दहन पर औरों को,

जो देता ज्वलित-अग्नि-खण्ड।

वही 'शूरवीर' कहाता है,

जगती का महावीर प्रचण्ड।।

होलिका-दहन : 1

जब साँझ-ढले मैं दिल्ली-
पुस्तक-मेले से लौट आया।
होलिका-दहन जब हुआ रात,
मैं अग्नि लेने उधर गया।।

जिस ओर होलिका की ज्वाला,
धूँ-धूँ सड़क पर जलती थी।
लड़कों की टोली अग्नि-खण्ड,
लेने हेतु मचलती थी।।

वहाँ एक स्त्री ने करछी का,
लम्बा यंत्र बनाया था।
वह बाँस आठ फुट का होगा,
जिस पर वह यंत्र लगाया था।।

अपने भारत में नारी भी,
अग्नि से न घबराती हैं।
होली का अग्नि-खण्ड लेने,
कोई युक्ति निकाल ही लेती हैं।।

होली का उपहार

इस बार जो पुस्तक-मेले में,
मुझ लेखक को सम्मान मिला।
यह होली का नव-उपहार,
उत्फुल्ल ; खुशी से हृदय खिला।।
धन्यवाद रवीना-प्रकाशन को,
धन्यवाद चन्द्रहास भाई जी को।
जो मुझे किया गौरवान्वित,
धन्यवाद निभा ; दीक्षा जी को।।
मैं तो ऐसे ही दिल्ली में,
आनन्दमग्न हो चला गया।
भर लाया ग्रंथ कई रुचि के,
पारितोषिक अनुपम ले आया।।
जीवन से माँगो तुम यदि कुछ,
तो वह तुम्हें न दे पाए।
और बिन माँगे झोली ; उसकी
करुणा-दया से भर जाए।।

होली : ढोलक की थाप

होली-उत्सव में रंगों की,
बौछार चहुँदिश खिलती है।
ढोलक पर संग-संग स्वर-लहरी,
त्रिताल मधुरतम बजती है।
धीं-धा-धा ; तीं-ता-ता बजातीं,
मुदित नारियाँ हर्षित हो।
नन्हीं बिटिया सिद्धि खेलती,
एकान्त में मुदित अहो !
महिला-दिवस सलाम ! नारियाँ !!
तुमको नमन कवि करता।
तुम निभा रही हो परम्परा,
वर्ना संसार किधर जाता ?

इस मोबाइल-युग में सभी,
रस्मों को मानव भूल रहे।
पहले हटे झूले-साँझी,
अब ढोलक-स्वर सब भूल रहे।।

एक दिन घर की चाकी-
ओखली-सा अस्तित्व खत्म होगा।
ढोलक फिर अश्रु बहाएगी,
क्या उसको न कोई पूछेगा।

भाभी जी के संग होली

इस बार होली ने मेरे ऊपर,

गहरा ऐसा रंग डाला।

अन्तर्गुफा के गहन-द्वार से,

सीधा बाहर निकाला।।

हँसमुख हमारी भाभी श्री,

रंग-द्रव्य लिए ऊपर आई।

" लालाजी ! आओ खेलें होली !! "

हर्षित हृदय से चिल्लाई।।

पहले उन्होंने उकड़ू बनाकर,

मुझे धरा पर बैठाया।

फिर लाल-रंग-भर कटोरा,

मेरे कपड़ों पर तैराया।।

तब खड़ा हुआ मैं ; बोला -- " लाओ,

लगा दूँ भाभी मैं अब रंग ! "

भाभी बोलीं -- " जरा लगाना,

अधिक न मुझको करना तंग !!

होलिका-दहन : 2

मन के दु:खदाई विकार
अवगुण को आग लगाएँ !
आओ होली-पर्व मनाएँ
मिलकर आपस में हर्षाएँ !!

प्रह्लाद थे भक्त प्रभु के
जिनके जनक थे दैत्यराज।
पा अमरता-वर देवों से
दु:खी किया सारा समाज।
असुर-संस्कृति को त्यागें
हम दैवी-संस्कृति अपनाएँ !
आओ होली-पर्व मनाएँ
अवगुण को आग लगाएँ !!

प्रभु-प्रेम की लगन, जगत के
सारे संकट टालेगी।
विषय-विकारों की अग्नि
फिर कुछ भी न कर पाएगी।।
आओ हृदय में प्रह्लाद-सी
प्रभु-प्यार की लगन जगाएँ !
आओ होली-पर्व मनाएँ
अवगुण को आग लगाएँ !!

हर दिन विपदा होलिका-सी
चहुँओर घिरी आतीं।
तन-मन को दु:ख दे
आत्मा को पीड़ा पहुँचातीं।।
धीरे-धीरे चंचल मन को

शान्त हृदय से हम समझाएँ !
आओ होली-पर्व मनाएँ
अवगुण को आग लगाएँ !!

होली

जो बीत चुकी है बात,
और जो मन को पीड़ा पहुँचाती।
आओ भूलें हम उसे, जो कि
अन्तर्मन को दु:खी करती॥
होली मनावें उन बातों की
जो ' हो लीं ' या बीत गईं।
फिलहाल लौट न आएँगी
जो समय के पथ से गुजर गईं॥
हम भूतकाल की पीड़ादायक
बातों को क्यों याद करें ?
कर भूल, जानबूझकर
ईश्वर से क्योंकर फरियाद करें ?
व्यतीत जिन्दगी के दु:खदाई
पल मन को रुलाते हैं।
हम बार-बार याद कर उनको
निज मन में पछताते हैं॥
हो लीं पुरानी जो बातें
जब तक न बिसरा पाएँगी।
तब तक भला कैसे हर्ष से
होली-पर्व मनाएँगे ?

होली का त्यौहार

होली का त्यौहार, लाया
खुशियों की बौछार !
रंगों की बहार लाया
प्रेम का उपहार !!
लाल, पीले और हरे, बैंगनी
रंग अनेकों छाए।
बालक, युवा और वृद्ध-जन
मन ही मन हर्षाए।।
सतरंगी फागुन-उत्सव
करता सबका सत्कार !
होली का त्यौहार, लाया
खुशियों की बौछार !!
छोड़ो भेदभाव पुराने
वैर-घृणा की खाई पाटो।
नया जमाना सुखदाई है
अब न मानव को तुम बाँटो।।
प्रेम और सदभाव ही
मंगल-जीवन का आधार !
होली का त्यौहार, लाया
खुशियों की बौछार !!
बनें 'होली', पावन अन्तर में
कपट-बुराई को हम त्यागें।
सच्चाई से, राष्ट्रवाद से
कभी न जीवन में हम भागें।।
टूटे हृदय जोड़ती, सुन्दर

रंगों की बौछार !
होली का त्यौहार, लाया
खुशियों की बहार !!

होली-समर्पण

राधा कहतीं -- " श्याम सलौने

कान्हा की मैं हो ली ! "

इसी समर्पण से मनती है

ब्रज में निशदिन होली !!

हर साल हम मनाते होली

नहीं समर्पित होते।

अहंभाव-आकांक्षा-इच्छा

मन में कितना रखते ?

" छोड़ो गुस्सा और नफरत "

-- कहती हुड़दंगी टोली !

राधा कहतीं -- " श्याम सलौने

कान्हा की मैं हो ली ! "

मानव के अभिमान ने फीके

त्यौहार कर डाले।

जगती में कितने सारे हाय !

भेदभाव कर डाले।।

भूल गए गले हम मिलना

प्रेम की मीठी बोली !

राधा कहतीं -- " श्याम सलौने

कान्हा की मैं हो ली ! "

होली दिल में प्यार जगाती

कटुता दूर भगाती।

यह सुख-संतोष और मन में

खुशहाली लाती।।

लेकर रंग-गुलाल, कर रहे

सारे लोग ठिठोली !

राधा कहतीं -- " श्याम सलौने

कान्हा की मैं हो ली ! "

होली का सूनापन

माँ ! जगती में उत्साह भरा
चहुँओर मची ठिठोली है !
तेरे बिन जननी ! प्रथम बार
सूनी इस बार की होली है !!
अव्यक्त-लोक में बैठी माँ !
मुझको तू देख रही होगी।
निहार न तुझको पाता हूँ
तू मुझे देख हँसती होगी।।
माँ ! तिलक लगा भाल पर तू
थाली में चावल-रोली है !
तेरे बिन जननी ! प्रथम बार
सूनी इस बार की होली है !!
माँ ! तेरे हाथ के बने हुए
सब याद व्यंजन आते हैं।
गुलाल और रंग सारे माँ !
तेरे बिन फीके लगते हैं।।
माँ ! सुबह लगा जैसे स्वर में
तू 'हैप्पी होली' बोली है !
तेरे बिन जननी ! प्रथम बार
सूनी इस बार की होली है !!
ओ बहिन ! साथ तुम भी माँ के
सुदूर-वतन को चली गई।
माँ गईं साथ छोड़, बहिना !
तुम भी हमसे मुख मोड़ गई।।
इस कष्टमय जग के ऊपर

माँ हुई तेरी हमजोली है !

माँ ! जगती में उत्साह भरा

चहुँओर मची ठिठोली है !!

तेरे बिन जननी ! प्रथम बार

सूनी इस बार की होली है !!!

हुड़दंगी टोली

सब बने युवा मस्ताने
होली के साथी-हमजोली !
रंग गए सभी के चेहरे, निकली
हुड़दंगी यह टोली !!
हाँ, एक बरस के बाद है आया
होली-पर्व सुहाना।
तज अहंभाव और क्षुद्रभावना
गायें फाग-तराना।।
कटुता-नफरत को त्याग
बोलते सब प्रेम की बोली !
रंग गए सभी के चेहरे, निकली
हुड़दंगी यह टोली !!
मस्तक पर सजा गुलाल-लाल-रंग
सिन्दूरी-सा टीका।
बेरुखी और दुर्भावों का
हो गया रंग है फीका।।
बच्चे-बूढ़े और युवा आज मिल
करते सभी ठिठोली !
रंग गए सभी के चेहरे, निकली
हुड़दंगी यह टोली !!
सबके चेहरों पर हर्ष समाया है
मुस्कान सजीली।
रंग गई खुशी के रंगों से
हर एक मौहल्ले की गली।।
भीगा कुर्ता, भीगी साड़ी

भीगी बनियान औ' चोली !
रंग गए सभी के चेहरे, निकली
हुड़दंगी यह टोली !!

होली-ज्ञान

अजर-अमर है दिव्य आत्मा

सुख-शान्ति की खान !

सुन लो होली-ज्ञान

सुनाते हमको शिव-भगवान !!

जो ' हो ली ' प्रभु की आत्मा

मन से हुई समर्पित।

वही सदा जग में मुस्काती

रहती हरदम हर्षित।।

परमेश्वर का ज्ञान

बनाता उसको उच्च-महान !

सुन लो होली-ज्ञान

सुनाते हमको शिव-भगवान !!

'होली' पावन अन्तर्मन कर

निज स्वरूप को जानो।

बीत गई जो बातें 'हो लीं '

उनको गुजरा जानो।।

भूतकाल की वे बातें

क्या देंगी समाधान ?

सुन लो होली-ज्ञान

सुनाते हमको शिव-भगवान !!

आओ अब निर्मल प्रेम के

रंग से होली खेलें।

हम सेवा-उपकार और

शुभ-कर्मों हेतु मचलें।।

बनें देवता सारे जन

न बने कोई हैवान !
सुन लो होली-ज्ञान
सुनाते हमको शिव-भगवान !!

होली-उत्सव

दिशा-दिशा में फाग बसन्ती
हर्षित होकर छाया !
होली-उत्सव आया
मनभावन उत्सव आया !!
ऋतु ने करवट बदली
कृषकों ने फसल नव पाई।
देख सभी के खिलते मुखड़े
भारत माँ हर्षाई।।
आज सभी हो गए हैं अपने
कोई नहीं पराया !
होली-उत्सव आया
मनभावन उत्सव आया !!
रूठ गए हों जो हमसे
आओ हम उन्हें मनाएँ।
ऊँच-नीच का भाव छोड़
सबको हम गले लगाएँ।।
बुरे व्यसन और कुसंग की
तर्जें विकारी माया !
होली-उत्सव आया
मनभावन उत्सव आया !!
होली सबको प्रेम सिखाती
करुणापूरित-भाव जगाती।
यह दया-संतोष-भाव से
सबको अपने हृदय समाती।।
होली ने ममत्व-भरा

ममता-आँचल फैलाया !
होली-उत्सव आया
मनभावन उत्सव आया !!

होली-व्यंजन

होली के पकवान-व्यंजन
होली के रंग बड़े सुहाने !
होली उत्सव महाप्रेम का
खेल रहे देखो दीवाने !!
रंग अनेकों लेकर आए
जीवन में उल्लास अनौखा।
नहीं किसी ने भेदभाव को
न ऊँच-नीच को देखा।।
गाते सभी मधुर भाव से
होली-मंगल-फाग-तराने !
होली उत्सव महाप्रेम का
खेल रहे देखो दीवाने !!
खींच रहा कोई पिचकारी
कोई रंग-गुलाल उड़ाता।
कोई हुआ भयभीत रंग से
कोई खड़ा-खड़ा शरमाता।।
कोई हृदय के पास बुलाता
डाल रहा रंग इसी बहाने !
होली उत्सव महाप्रेम का
खेल रहे देखो दीवाने !!
कटुता-घृणा-वैर भुलाकर
आओ स्नेह की होली खेलें।
औरों के आँसू-गम-पीड़ा
सहज भाव से आओ पी लें।।
न दोहराएँ उन भूलों को

हुई कभी जाने-अनजाने !
होली उत्सव महाप्रेम का
खेल रहे देखो दीवाने !!

होली आई रे !

पिचकारी ने कहा झूमकर
-- " फिर से होली आई रे ! "
उड़ता रंग-गुलाल है कहता
-- " होली-शुभ-बधाई रे !! "
होली पहली प्रेम-रंग से
राधा, कान्हा-संग खेलीं।
कुँवर कन्हाई ने श्रीराधा
अपने ही रंग में रंग लीं॥
झूम-झूम वृषभानु-नन्दिनी
कहतीं -- " प्रिय कन्हाई रे ! "
पिचकारी ने कहा झूमकर
-- " फिर से होली आई रे ! "
भरके रंग-गुलाल, दीवाने
गली-मौहल्ले से निकले।
रंग डालने सभी जनों पर
बार-बार देखो मचले॥
जो रहेगा चुप, उसी की
देखो शामत आई रे !
पिचकारी ने कहा झूमकर
-- " फिर से होली आई रे ! "
जीभर कर गुलाल लगाओ
विविध रंगों से भाल सजाओ।
रूठ गया जो, उसे मनाकर
अपने सुर से ताल मिलाओ॥
होली पर लगती है दुनिया

सुन्दर और सुखदाई रे !
पिचकारी ने कहा झूमकर
-- " फिर से होली आई रे ! "

भाई-दूज का त्यौहार

प्यारा भाई-दूज-त्यौहार

बढ़ाता भाई-बहिन का प्यार !

बनाता सुखमय-नव-संसार

यह करता मानव का उपकार !!!

प्यारा भाई-दूज त्यौहार !!!

बँधे हैं पावन-स्नेह-डोर।

जगत में रहते किसी छोर॥

तिलक जब करती प्यारी बहिन।

होता गर्वित भाई का मन॥

यही तो लघु-जीवन का सार

यही सबका जीवन-आधार !

प्यारा भाई-दूज-त्यौहार

बढ़ाता भाई-बहिन का प्यार !!

भूल जाते हैं देह-अभिमान।

विहँसता अन्तर-स्वाभिमान॥

हृदय में समाता है उत्साह।

दूज का निर्मल-स्नेह-प्रवाह॥

पर्व सबका करता सत्कार

उन्नति पाता है परिवार !

प्यारा भाई-दूज-त्यौहार

बढ़ाता भाई-बहिन का प्यार !!

यही है भाई-दूज-सन्देश।

दु:खी न होवे जीवन-शेष॥

बाँट लें सारे कलह-क्लेष।

दर्द मिल सह लें सभी अशेष।

नहीं हो आपस में तकरार
सुखी होवे सबका संसार !
प्यारा भाई-दूज-त्यौहार
बढ़ाता भाई-बहिन का प्यार !!

भाई-दूज : कथा

एक परमेश्वर और दूजा
भाई का गहरा सरल प्यार !
बस यही कवच रक्षा के दो
भाई-दूज के उपहार !!
है कथा 'सूर्यनारायण' की,
जिनकी पत्नी 'छाया' जी थीं।
वे 'यमराज', 'यमुना' जी की
ममतामयी माताश्री थीं।।
यमुना अपने भाई यमराज
से करती अटूट प्यार !
एक परमेश्वर और दूजा
भाई का गहरा सरल प्यार !!
एक दिवस बहिन यमुना ने
भाई यमराज को न्यौत दिया।
यमराज आए, यमुना ने उनका
पर्याप्त सत्कार किया।।
यम से हुआ उस दिन
नरकवासी जीवों का उद्धार !
एक परमेश्वर और दूजा
भाई का गहरा सरल प्यार !!
यमुना बोली -- " हे भाई आप
प्रतिवर्ष हमारे घर आओ।
जो बहिन, भाई का तिलक करे
इस दिन, उसको निर्भयता दो।। "
" तुमसे न डरे वह कभी

उसको देना यह उपहार ! "
एक परमेश्वर और दूजा
भाई का गहरा सरल प्यार !

भाई-दूज : आध्यात्मिक रहस्य

है तिलक आत्मा-स्मृति का

मृत्यु-भय से जो करे पार !

भाई-दूज का राज गहन

पावनतम अदभुद त्यौहार !!

जब तिलक भाई के मस्तक पर

बहिना प्यारी कोई करती।

आत्मा-स्वरूप में टिकने का

प्रण वह भाई से ले लेती।।

उस प्रण-पालन से पा जाता

भाई निर्भयता-उपहार !

भाई-दूज का राज गहन

पावनतम अदभुद त्यौहार !!

जिस तरह यम ने यमुना को

वरदान दिया अभयता का।

परमेश्वर शिव देते वैसा

आशीष सदा निर्भयता का।।

है तिलक अमर आत्मा का

सूचक, जिन्दगी का सार !

भाई-दूज का राज गहन

पावनतम अदभुद त्यौहार !!

जहाँ तिलक, वहीं तो आत्मा का

स्थान मनोहर होता है।

स्मृति-तिलक-स्थान-अनश्वर

रूप-आत्मा बसता है।।

एक आत्मा, दूजा परमेश्वर

बस यही पर्व-पुनीत-सार !
भाई-दूज का राज गहन
पावनतम अदभुद त्यौहार !!

बस यही पर्व-पुनीत-सार !
भाई-दूज का राज गहन
पावनतम अदभुद त्यौहार !!

रंगोत्सव

मिला ताल से ताल सखि री,
देखो होली आई !
रंगों का त्यौहार है आलि,
सुन्दर होली आई !!
हुआ जगत मदमस्त,
निराले इस होली के ठाठ।
है आया प्यारा फिर से पर्व,
देखते थे हम जिसकी बाट॥
घर और आँगन, गली-मौहल्ला
खुशियाँ रहीं समाई !
मिला ताल से ताल सखि री,
सुन्दर होली आई !!
बीत गया वह साल,
कोरोना जिसमें देता पीर।
त्रस्त हुए सब लोग,
नहीं बंधता था मन को धीर॥
होली टीका लाई साथ में,
वैक्सीन वरदाई !
मिला ताल से ताल सखि री,
सुन्दर होली आई !!
लाल, गुलाबी, हरे, बैंगनी
अम्बर में रंग छाए।
बालक, बूढ़े, युवक-युवती
फूले नहीं समाए॥
आज के दिन अश्रु और रोदन,

देता नहीं दिखाई !
मिला ताल से ताल सखि री,
सुन्दर होली आई !!

होली-गीत

'प्रेम-रंग की इस जगती में,
कभी न मिटती रीत है ! '
--- होली का यह गीत है,
जीवन का संगीत है !!
जबसे दुनिया बनी, तभी से
रंगों का निर्माण हुआ।
प्रेम-हास्य, संगीत ही मानो
इस जीवन का प्राण हुआ॥
इससे विलग वही मानव,
जो कि रहता भयभीत है !
जीवन का संगीत है,
होली का यह गीत है !!
भाँति-भाँति के रंग भरे यह,
जीवन खुद एक होली है।
इस जग में नन्हें बच्चों की,
सदा ही हँसती टोली है॥
रंग उसी के खिलते, जिसकी
मुरझाती न प्रीत है !
जीवन का संगीत है,
होली का यह गीत है !!
आओ खाएँ कसम कि हम
न अश्रु कभी बहाएँगे।
मिले हर्ष, दुःख, शोक, विपत्ती
मिलकर वक्त बिताएँगे॥
होली कहती -- " आशा ही तो,

जीवन-रण की जीत है ! "
होली का यह गीत है,
जीवन का संगीत है !!

होली : कोरोना के बाद

यद्यपि टीके नित लगते हैं
कोरोना के, देश में।
लेकिन डर रहता, आ जाए
दुश्मन कब, किस वेश में ?
होली भी इस बार की मानों,
डरी-डरी-सी आई है।
दुष्ट वायरस से यह दुनिया,
अभी उबर न पाई है।।

अब तो भाई मेरे भू पर,
नित नवीन संकट बढ़ते।
जैसे हर्षाते थे मानव,
वैसे अब न ये हँसते।।

त्यौहार भी जाने क्योंकर,
खुशी नहीं दे पाते हैं ?
सच तो यह, हम त्यौहार का
आदर कुछ न करते हैं।।

आज मोबाइल की संस्कृति ने,
संस्कार को पस्त किया।
अब तो दीवाली पर भी,
टिक पाता न कोई एक दिया।।

कोरोना का दर्द पार करके,
यह होली आई है।
बड़ी ही मुश्किल से यह दुनिया,
रोती-सी मुस्काई है।।

मानव की भूलों ने,

त्यौहारों पर संकट डाला है।
जन की निर्मल मुस्कानों का,
हाय ! पड़ गया पाला है।।

होली-उपहार

होली संस्कृति का सत्कार,
बढ़ाती यह आपस का प्यार !
यही तो मानव-जीवन-सार,
प्रभु का यह प्यारा उपहार !!
बड़ी उम्मीदें मन में ठान,
प्रतीक्षा इसकी करते लोग।
अनौखा रंगों का प्रताप,
भागते जिससे भव-दु:ख-रोग॥
इसी से आता भारत देश,
ऋतु में नूतन सहज निखार !
होली संस्कृति का सत्कार,
प्रभु का यह प्यारा उपहार !!
न जाने कितने बीते काल,
रहा पर रंगों का अस्तित्व।
पृथक न हुआ फागुनी-पर्व,
रहा इसका सदा स्वामित्व॥
अमर हो गई धरा पर खूब,
प्रेम की पिचकारी की धार !
होली संस्कृति का सत्कार,
प्रभु का यह प्यारा उपहार !!
भेद न धर्म-जाति का मान,
कराती है आपस में मेल।
रंगों की सजा निराली सृष्टि,
खेलती निर्मल मन का खेल॥
इसी से बहती मेरे मीत,

सुख की जीवन में रसधार !
होली संस्कृति का सत्कार,
प्रभु का यह प्यारा उपहार !!

दीपावली

दीपोत्सव : घर के साथ अपने जीवन को भी रोशन बनाएँ

जब दीपावली का त्यौहार आता है, तो हम सब भारतवासी अपने घर की साफ-सफाई करते हैं। दीवारों पर रंग-रोगन करते हैं। बार्निश से अपनी खिड़की और दरवाजों को चमकाते हैं। साथ ही साथ कई तरह के सज्जा-उपकरण या सजावट की वस्तुएँ लाकर घर को ठीक ढंग से सजाने का प्रयास करते हैं। दीपावली-पर्व आने के कई दिन पहले से ही घर की साफ-सफाई होना शुरू हो जाती है।

ऐसा माना जाता है कि दीपावली पर श्री लक्ष्मी जी घर में आती हैं और यदि वे घर में कूड़ा-करकट या गंदगी का ढेर देखती हैं, तो उस घर के दरवाजे से ही वापस लौट जाती हैं। यही कारण है कि हमारे देश में सभी लोग दीपावली से पहले घर की खूब अच्छी तरह से साफ-सफाई करते हैं। दीपावली वाले दिन सारा घर जगमग करता हुआ चमचमाने लगता है।

दोस्तों ! घर की खूब अच्छी तरह से साफ-सफाई और सजावट करने के बाद भी जब दीपावली का त्यौहार गुजर जाता है, तो हमारे घर-परिवार में फिर से पहले जैसी स्थिति छा

जाती है। पहले की तरह अपने परिवार की और निजी जीवन की समस्याएँ हमें परेशान करने लगती हैं। पहले की तरह अनेक प्रकार के कष्ट, संकट, अभाव, दुःख और चिंताएँ हमको सताने लगती हैं। ......मतलब यह है कि दीपावली का एक दिन हमारे जीवन को हमेशा के लिए खुशहाली से नहीं भर पाता है। घर को सजाने के लिए हमने जो 10-15 दिन मेहनत की थक, वह मेहनत अब हमें फीकी दिखाई देने लगती है।

.....इसका कारण यही है कि दीपावली पर घर को सजाने के साथ-साथ हमने अपनी जिंदगी को अच्छाइयों से, सद्गुणों से, खुशी और शान्ति से, संतोष और प्रेम से सजाने का प्रयास नहीं किया था

भारत में दीपावली का पावन त्यौहार इसीलिए मनाया जाता है, क्योंकि उस दिन श्री रामचन्द्र जी लंका के अत्याचारी राजा रावण का अंत करके और अपनी धर्मपत्नी सीता जी को उसकी कैद से छुड़ाकर वापिस अपनी अयोध्या-नगरी लौटे थे। जब राम अपनी जन्मभूमि अयोध्या लौट कर आए, तो उनके आगमन की खुशी में अयोध्यावासियों ने घर-घर घी के दीपक जलाकर अपनी खुशी प्रकट की थी। तभी से दीपावली का त्यौहार हमारे भारत देश में हर साल मनाया जाता है। इस त्यौहार को मनाने के पीछे आध्यात्मिक रहस्य यही है कि जिस

प्रकार श्री रामचन्द्र जी ने रावण रुपी आसुरी शक्ति का अंत किया था, उसी तरह हमको भी अपने मन के भीतर छिपी हुई ईर्ष्या, जलन, क्रोध और आलस्य आदि अनेक तरह की बुराइयों को नष्ट करने का प्रयत्न करना चाहिए। इस तरह की बुराइयाँ ही मनुष्य को दुःख दिया करती हैं। जब एक बार मनुष्य की अन्तरात्मा से सभी तरह की बुराइयों का खात्म हो जाता है, तो इंसान हर प्रकार से सुखी और आनन्दयुक्त हो जाता है। अत्यंत सूक्ष्म बुराइयाँ या मनोविकार जीवनी की खुशी के रास्ते में सबसे बड़ी रुकावटें हैं।

भारत में जितने भी त्यौहार मनाए जाते हैं, वे सब इन्हीं अनेक प्रकार की बुराइयों से मुक्ति पाने के लिए मनाए जाते हैं। होली का त्यौहार भक्त प्रहलाद के समय से भारत देश में मनाया जाता है। प्रहलाद के समय प्रहलाद का पिता हिरण्यकश्यप अपने को सबसे बड़ा मानता था।

खुद को भी ईश्वर समझता था ; और जो कोई व्यक्ति उसके राज्य में ईश्वर को मानता-पूजता था, हिरण्यकश्यप उसको कठोर दण्ड दिया करता था। उस काल में भगवान ने नरसिंह-अवतार लेकर हिरण्यकश्यप का अंत किया और होलिका की अग्नि से भक्त प्रहलाद की रक्षा की।

दोस्तों ! दीपावली मनाने का अर्थ है --- समर्थ या सकारात्मक को अपने जीवन में स्थान देना और नकारात्मकता एवं व्यर्थ को अपनी जिंदगी से हटा देना। दीपावली की तैयारी में सब लोग अपने घर का कूड़ा-करकट और गन्दगी साफ करते हैं। घर के दरवाजे, खिड़की और दीवारों को साफ करके उन्हें चमकाने या नया बनाने का प्रयास करते हैं। यह बात हमें सिखाती है कि इंसान एक बार फिर से खुद को चमकाने का या नया बनाने का प्रयास करे।

केलव अपने घर के खिड़की, दरवाजे और दीवारों को चमकाने से ही दिवाली की सच्ची खुशी जिन्दगी में हासिल नहीं की जा सकती है। हाँ कुछ दिन की खुशी उससे हमें अवश्य प्राप्त हो सकती है। अगर हम अपनी खुशी और मंगल को अपने जीवन में हमेशा के लिए कायम रखना चाहते हैं, तो इसके लिए जरूरी है कि हम अपने जीवन से व्यर्थ विचारों को, नकारात्मकता को, अशान्ति और असंतोष आदि कूड़े-करकट या गंदगी को दूर करके सुख शान्ति, सकारात्मक, उमंग-उत्साह, संतोष और मानसिक पवित्रता आदि को लाने का प्रयत्न करें। जब तक हम अपने जीवन में सदाचार, सादगी, प्रेम, करुणा, दया और क्षमाशीलता इत्यादि महान गुणों को नहीं अपनाएँगे, तब तक हमारा जीवन सही मायने में उन्नति की ओर

नहीं जा सकेगा।

दीपावली पर दीपकों का सबसे ज्यादा महत्व होता है। दीपक को जलाने की प्रथा से ही दीपावली का होना सार्थक माना जाता है। दीपक क्या है ? वह अज्ञानता पर ज्ञान की और वह अंधकार पर रोशनी की विजय का प्रतीक है। इसी तरह दीपक बुराइयों पर अच्छाई की, दु:ख पर सुख की, असंतोष पर संतोष की, हिंसा पर अहिंसा की और कटुता पर मधुरता की विजय का प्रतीक है। दीपावली पर दीपक का रूपक मानव के साकार जीवन से सम्बंधित है। मनुष्य का जीवन भी दीपक की तरह होता है। जिस तरह दीपक में एक तो मिट्टी का दीपक, दूसरा दीपक की हुई बाती और तीसरा दीपक का घृत या तेल --- ये तीन तत्व आवश्यक होते हैं, तभी दीपक भली प्रकार से जल पाता है ; उसी प्रकार से मानव रूपी दीपक के भीतर भी मानव का शरीर एक मिट्टी के दीपक की तरह, उसकी अंतरात्मा दीपक की लौ या बाती की तरह है और जिन्दगी का उत्साह, प्राण या जीवन उस अन्तरात्मा में दीपक के तेल या घृत की भांति होता है। जब ये तीनों चीजें मानव के जीवन से मिलती है ; तभी मानव का जीवन पृथ्वी पर सम्भव हो पाता है या मानव अपने जीवन में दीपक की भाँति जी पाता है।

.......हैरानी की बात यह है कि अनेक वर्षों से भारतवासी हर साल दीपावली का त्यौहार बड़ी धूमधाम के साथ मनाते हैं, लेकिन दीपावली उनकी जिंदगी में सदाकाल के लिए कोई बड़ा भारी परिवर्तन या हमेशा के लिए खुशियाँ नहीं ला पाती हैं। दीपावली के दिन तो सब ठीक-ठाक रहता है। लोग एक दूसरे को दीपावली की बधाइयाँ देते हैं। रात को रोशनी घर में की जाती है। फुलझड़ी और पटाखे जलाए जाते हैं। माँ लक्ष्मी जी का पूजन किया जाता है। मिठाइयाँ खाई और खिलाई जाती हैं, लेकिन उसके बाद अगले दिन से सब पहले के जैसा ही हो जाता है। जो दु:ख और उदासी हमारी जिन्दगी में दीपावली से पहले थी, वह फिर से जिन्दगी में उभरनी शुरू हो जाती है ; क्योंकि हमने अपने घर और आँगन को सजाने का तो प्रयास किया, लेकिन जिन्दगी को अच्छे गुणों से, अच्छे संस्कारों से, सद्व्यवहार और नेकियों से सजाने का प्रयास नहीं किया था। इसलिए जीवन भर का लाभ हमें दीपावली से प्राप्त नहीं हो पाता है। हम सब भारतवासी इसी तरह केवल एक दिन के लिए ही सारे त्यौहार मनाते हैं और त्यौहार मनाने के बाद हमारा जीवन पहले के जैसा ही दु:ख, कष्ट, अभाव, परेशानी, तनाव, चिंता और मुश्किलों वाला हो जाता है। कारण इसका यही है कि हमने अपने जीवन को मानवीय सौन्दर्य से नहीं सजा पाया है। अपने जीवन को बेहतर नहीं बन पाया है।

दीपावली पर हम केवल अपने घर को सजाते हैं, इसलिए हमारा घर, खिड़की, रोशनदान, दरवाजे और दीवारें आदि सुन्दर ढंग से सजी हुई दिखाई देती है, लेकिन हमें अपने निजी जिंदगी में खुशहाली, संतोष और आनन्द उपलब्ध नहीं हो पाता है। यदि वह आता भी है, तो केवल एक दीपावली के दिन ही आ पाता है। इसके बाद हमें बाकी वर्ष के 364 दिन फिर से दीपावली की खुशी आने का इंतजार करना पड़ता है।

दोस्तों ! यह तो हमने जान लिया कि जिन्दगी को बेहतर और खुशहाल बनाने के लिए हमें अपने घर की साफ-सफाई और सजावट पर ध्यान देने के साथ-साथ अपनी जिन्दगी में अच्छे गुण, सुख, शान्ति, आनंद और प्रेम इत्यादि धारण करने का प्रयास करना चाहिए ; लेकिन इसके लिए जिस सबसे बड़ी चीज की जरूरत होती है, वह अच्छे संस्कार ही होते हैं। यदि हम अपने आपको सुधारने का या अपने संस्कारों को बेहतर बनाने का प्रयास करें या अपने कार्य, व्यवहार, आचरण, संयम और अनुशासन को धारण करने का प्रयास करें तो हम अपनी जिन्दगी में खुशहाली और तरक्की हासिल कर सकते हैं।

दोस्तों ! आज हम इस लेख में दीपावली की साफ-सफाई और तैयारी के तरीकों की चर्चा नहीं करेंगे। न ही दीपावली मनाने के तौर-तरीकों पर ज्यादा बातचीत करेंगे ; लेकिन हमें इस बात पर अवश्य विचार करना चाहिए कि हम कौन से वे तरीके अपनाएँ, जिससे हमारा हर दिन

दीपावली की तरह उमंग-उत्साह से बीते ? हमें अपनी जिन्दगी में ऐसे कौन-कौन से बदलाव या परिवर्तन लाने चाहिए, जो हमारे जीवन को हर दिन खुशहाली की रोशनी से, खुशी के दीपकों से जगमगा सकते हैं ?

.........इसके लिए कुछ बातें हम ध्यान में रख सकते हैं अथवा उन बातों का पालन कर सकते हैं। जैसे कि ---

1) जिस तरह दीपावली आने से पहले घर की साफ सफाई की जाती है, दीवारों पर कलर और डिस्टेंपर किया जाता है, खिड़की और दरवाजों पर रंग-रोगन किया जाता है ; ठीक उसी प्रकार हमें चाहिए कि हम अपने मन के अंदर समाये हुए व्यर्थ विचारों के कूड़े-करकट को, नकारात्मक और स्वार्थ को छोटी सोच को अपने भीतर से निकल बाहर करें। दूषित विचारों के कूड़े-करकट को अपनी जिन्दगी से हटा दें या अपने मन के खिड़की-दरवाजे से उन्हें निकाल दें। इसके अलावा सुविचार और शुभ भावना रूपी डिस्टेंपर और कलाई से अपने मन की दीवारों को पोत डालें। शुभकामना रूपी बार्निश और डिस्टेंपर से मन के खिड़की तथा दरवाजे पर खुशहाली का रंग करें।

2) जिस तरह से हम दीपावली पर एक-दूसरे को बधाइयाँ देकर और मिठाई खिलाकर एक-दूसरे का मुख मीठा करते हैं, उसी तरह से अपने मुख से मीठे बोल हमें दूसरों के प्रति बोलने चाहिए। एक दूसरे के प्रति आदर और सम्मान का भाव प्रकट करना चाहिए। केवल दीपावली वाले दिन ही नहीं, बल्कि हर दिन हमें दूसरों के प्रति ऐसा मधुर व्यवहार करना चाहिए। इससे

हमारा हर दिन खुशहाली से भर जाएगा।

3) यदि हम अपनी जिन्दगी में हर दिन खुशियों के दीपक जलाना चाहते हैं, तो हमें स्वयं को एक दीपक की तरह समझना होगा। अपनी अन्तरात्मा को जीवन रूपी दीपक की बाती समझना होगा। उस बाती को जलाए रखने के लिए सदविचारों का, स्वाध्याय का और सद्व्यवहार का घृत या तेल जीवन में डालना होगा। अपनी देह को एक मिट्टी का दीपक समझ कर चलना होगा। इस तरह का निमित्त भाव रखकर हम जीवन में हर दिन खुशहाली और आनन्द प्राप्त कर सकते हैं।

4) दीपावली पर श्री लक्ष्मी जी का पूजन करने के साथ-साथ हमें अपने घर की लक्ष्मी अर्थात घर की माता, बहन, बेटी और पत्नी इत्यादि नारियों को पूजनीय मानकर उन्हें यथायोग्य आदर-सम्मान देना चाहिए। जब भारत के हर घर में नारी लक्ष्मी की तरह पूजित होगी, तभी हर घर में खुशहाली और सम्पन्नता आ सकती है। इसी तरह गणेश जी की पूजा करने के साथ-साथ घर के पुरुषों को या मर्दों को गणेश जी की तरह विघ्नहर्ता बनना चाहिए अथवा दूसरों के विघ्न, कष्ट, दर्द, संकट, मुश्किल और परेशानियाँ हल करने के लिए या विघ्नों को दूर करने के लिए हमेशा तैयार रहना चाहिए। इस तरह की उपकार-भावना पुरुषों के भीतर रहनी चाहिए।

5) जिस तरह से दीपावली पर हम सब भारतवासी रात के समय फुलझड़ी और पटाखे आदि चलाते हैं, उसी तरह से हमारे मन के भीतर भी हमेशा खुशियों की फुलझड़ियाँ और पटाखे हमेशा फूटते रहने चाहिए। मतलब यह है कि हमें अपने मन को हमेशा आनन्दमय अथवा हर्षित बनाए रखना चाहिए। यह तभी संभव हो सकेगा, जब हम अपनी जिन्दगी के हर दिन और हर एक पल को आनन्दमय तरीके से व्यतीत करेंगे। जीवन के हर दिन का आनन्द-उत्साह के साथ लाभ उठाएँगे। हर दिन कोई न कोई सकारात्मक या सृजनात्मक कार्य करेंगे। हर दिन किसी न किसी का उपकार या भला करेंगे। तभी हम हर दिन खुशियों की फुलझड़ियाँ अपने मन के भीतर छोड़ सकते हैं और उत्साह के पटाखे हर दिन हमारे मन के भीतर उत्पन्न हो सकते हैं।

6) दीपोत्सव प्रकाश का पर्व है, इसलिए हमें अपने आपको प्रकाश अर्थात लाइट या हल्का बनाने का प्रयास करना चाहिए। दुनिया में प्रकाश सबसे हल्की वस्तु होती है। उस प्रकाश का कोई वजन या भार नहीं होता है। वह केवल महसूस की जाने की या देखे जाने की चीज होती है। हमें अपने जीवन को भी प्रकाशमय अथवा हल्का बनाने का प्रयत्न करना चाहिए। इसके लिए हमें देहाभिमान या अहंकार का त्याग करके स्वयं को निमित्त और निरहंकारी या आत्माभिमानी बनाने का प्रयास करना चाहिए। हम हाड़-माँस की बनी हुई देह

नहीं, बल्कि चैतन्य आत्मा शक्ति हैं -- यह विचार मन के अन्दर लाना चाहिए और दूसरे लोगों को भी भारयुक्त शरीर मानने के बजाय हल्की-फुल्की चैतन्य ज्योतिर्बिंदु स्वरूप आत्मा समझना चाहिए ; तभी हम अपने जीवन को प्रकाशित और हल्का बना सकते हैं।

7) दीपावली पर भारतवासी लोग प्रात:काल नहा- धोकर साफ, धुले हुए अथवा नए कपड़े पहनते हैं। नए कपड़े पहनना स्वच्छता-पवित्रता का प्रतीक है। जिस तरह से दीपावली पर हम लोग नए परिधान पहनते हैं, उसी तरह से हमें अपनी जिन्दगी में नयापन लाने का, जिन्दगी को नियम, संयम और मर्यादाओं के वस्त्र पहनाने का प्रयास करना चाहिए। अगर हमने अब तक अपनी जिंदगी में कोई नियम, संयम और मर्यादाएँ नहीं बनाई हैं, तो दीपावली पर हमें जीवन की मर्यादाएँ, संयम और नियम स्थापित कर लेने चाहिए ; क्योंकि संयम और मर्यादाओं में रहकर ही इंसान अपने जीवन का भला कर सकता है। अपनी जिन्दगी की तरक्की हासिल कर सकता है। जिस मनुष्य के जीवन में कोई नियम, संयम, अनुशासन और मर्यादाएँ नहीं होती हैं ; उसका जीवन पशुओं की तरह गया बीता हो जाता है। जीवन में नियम-संयम अपनाने के लिए हमें भारत देश के प्राचीन धर्मग्रंथो का अध्ययन करना चाहिए।

स्वाध्याय और सत्संग में रुचि लेनी चाहिए तथा रोजाना प्रात: और सायंकाल योग-साधना करनी चाहिए। इस तरह का पुरुषार्थ करने से हमें मानव जीवन की मर्यादा, नियम और संयम के सुंदर-नए परिधान प्राप्त होंगे ; जो हमारी जिन्दगी में हर दिन दीपावली की तरह संतोष, सुख, शान्ति और खुशहाली लाएँगे।

8) दीपावली से पहले धनतेरस या धनवंतरी दिवस मनाया जाता है। यह दिवस मानव के उत्तम स्वास्थ्य और निरोगिता का परिचायक है। जब सागर-मंथन हुआ था, तब धनवंतरी जी, लक्ष्मी जी सहित कई अमूल्य रत्न समुद्र से निकले थे। धनवंतरी महाराज धनतेरस के दिन और श्री लक्ष्मी जी दीपावली के दिन समुद्र से अवतरित हुई थीं। महालक्ष्मी का उदित होना आर्थिक समृद्धि का प्रतीक है और धन्वंतरी जी का उदित होना शारीरिक स्वास्थ्य का प्रतीक है। जब हम अपने स्वास्थ्य पर ध्यान देंगे, ठीक समय पर भोजन करेंगे, आसन-व्यायाम और योगाभ्यास आदि करेंगे, तो हम अपने स्वास्थ्य को और शरीर को बेहतर बनाए रखेंगे। जब हमारा स्वास्थ्य ठीक होगा, तभी हमें सही रूप से धन की प्राप्ति हो सकती है। उत्तम स्वास्थ्य ही

मनुष्य का सबसे बड़ा धन है ; अत दीपावली के अवसर पर हमें अपने स्वास्थ्य पर पूरा-पूरा ध्यान देने का प्रयास करना चाहिए। स्वास्थ्य के अनुकूल दिनचर्या बनानी चाहिए। संयमित, शुद्ध और सात्विक भोजन खाना चाहिए।

9) दोस्तों ! यदि हम चाहते हैं कि हम हर दिन दीपावली की तरह उमंग-उतसाहपूर्वक सुख, शान्ति और आनन्द के साथ जीवन बिताएँ, तो इसके लिए जरूरी है कि हम कभी भी दूसरों को कोई कष्ट या क्लेश न दें। कभी किसी के जीवन में दु:ख के काँटे उत्पन्न न करें। हमेशा सकारात्मक और शुभ संकल्प मन में सोचें तथा जितना हो सके, दूसरों की मदद करने का प्रयास करें। जब हम दूसरों के कष्ट हरने, दूसरों की मुसीबतें दूर करने के काबिल हो जाएँगे ; तो हमारी जिन्दगी से सारे दु:ख, संकट, कष्ट और परेशानियाँ भगवान स्वत: ही दूर कर देंगे।

10) कुल मिलाकर दीपावली के त्यौहार को इन्हीं सकारात्मक अर्थों में मनाया जाना चाहिए। ऐसी ही धारणाओं से जिन्दगी में खुशियों की रौनक आ सकती है। हमारा जीवन सुन्दर और सुखी हो सकता है तथा जीवन के वास्तविक आनन्द को हम प्राप्त कर सकते हैं।

इस बार की दीपावली आपके लिए बहुत-बहुत मंगलकारी हो।

शुभ दीपावली। शुभ-लाभ। ॐ।

दीपावली के दीपक

दीपावली अनेक सारे दीपकों की रौशनी से झिलमिलाता पावन त्यौहार है। भारतवर्ष में हर साल यह पर्व मनाया जाता है। भले ही आज मिट्टी के दीयों की जगह मोमबत्ती और लाईट की झालरों ने ले ली है, किन्तु दीपावली केवल दीपकों के नाम से ही जानी जाती है। समय के अनुसार साधन का विकल्प बदलता रहता है, लेकिन साधन की जरूरत वही बनी रहती है। उदाहरण के तौर पर पहले लोग मकई, बाजरा और गेंहूँ की रोटियाँ खाना पसन्द करते थे और उसी को भोजन का सबसे बड़ा साधन माना जाता था। आज तो भोजन और नाश्ते के विकल्प के रूप में सौ तरह की वैराइटियाँ आविष्कृत हो चुकी हैं। पुराने जमाने में लोग पैदल, ताँगे, बैलगाड़ी या घोड़े पर यात्रा करते थे ; लेकिन बाद में जब मोटर इन्जिन का आविष्कार हुआ तो बस, कार, स्कूटर और मोटरसाइकिल आने-जाने का साधन बन गए। जिस तरह दुनिया के विभिन्न क्षेत्रों नए-नए साधन और विकल्पों का इस्तेमाल। हुआ है, उसी प्रकार पर्व, त्यौहार और मांगलिक अवसर के साधनों में भी बदलाव आया है ; लेकिन पर्व और अनुष्ठान की मूल प्रेरणा भारत में वही रही है।

अब बात करते हैं दीपकों की, क्योंकि दीपक ही दीपावली के आयोजन का प्रमुख साधन, सूत्र और मूल प्रेरणा है। इस वर्ष दीवाली पर हम निम्न प्रकार के दीपकों की चर्चा करेंगे ----

1. मिट्टी के दीपक

2. खुशियों के दीपक

3. आशाओं के दीपक

4. प्रेरणाओं के दीपक

5. उत्साह के दीपक

6. मूल्यों अथवा मूल्यनिष्ठता के दीपक

7. रूहानी अथवा आध्यात्मिक दीपक

8. सद्-चरित्र के दीपक

9. सत्य के दीपक तथा

10. शुभ भावों के दीपक आदि।

आइए, हम क्रमश: इन भाँति-भाँति के दीपकों की चर्चा करते हैं ----

(1) मिट्टी के दीपक

मिट्टी का दीपक हजारों वर्षों से दीपावली-परम्परा का आधार रहा है। प्रभु श्री राम जब रावण को मारकर लंका से अवधपुरी लौटे थे, तो अयोध्यावासियों ने हर्षित होकर अपने घरों में खुशियों के दीपक जलाए थे। उस जमाने में तो काफी सस्ताई थी। अवध के नागरिकों ने देशी घी उन दीयों में डाला था। सैंकड़ों वर्षों तक इसी तरह हर साल घी के दीप जलाकर भारत में दीपावली मनाई जाती रही। इसके बाद जब मँहगाई देश के अन्दर अपने पैर पसारने लगी,

तो भारतीयों ने सरसों के तेल के दीपक जलाना आरम्भ कर दिया।

परिवर्तित समय में दीवाली तेल के दीपकों की तो हुई, लेकिन अब तक दीपावली का त्यौहार सिर्फ अयोध्यावासियों का न रहकर सम्पूर्ण राष्ट्र का त्यौहार बन चुका था। राम अब केवल अयोध्या के आदर्श पुरुष नहीं रहे, बल्कि वे भारत की कोटि-जनता के प्रेरणा पुरुष बन चुके थे।

मिट्टी का दीपक मानव के सम्पूर्ण व्यक्तित्व का प्रतीक है। माटी की स्थूल आकृति मानों उसका नश्वर तन है। जिस तरह इंसान का शरीर पृथ्वी, जल, वायु, अग्नि और आकाश आदि पंचतत्त्वों से निर्मित होता है, उसक तरह दीपक का निर्माण करने में इन सभी तत्त्वों की आवश्यकता पड़ती है।

दीपक का निर्माण होने के बाद उसमें बाती को उसी प्रकार स्थापित किया जाता है, जिस प्रकार परमात्मा माता के गर्भाशय-गृह में पल रहे शिशु के भौतिक शरीर में, आत्मा रूपी बाती को स्थापित करते हैं। दीपक की बाती में जलती हुई लौ जीवन या प्राण का प्रतीक है। जिस तरह प्राण या जीवन के बिना मानव के शरीर की कोई कीमत नहीं है। वह केवल मृत, मुर्दा या अचेतन (जड़) ठूँठ की तरह है, उसी प्रकार लौ या प्रकाश के बिना माटी के दीपक का कोई महत्त्व नहीं होता है। जैसे मानव-शरीर जीता-जागता, हँसता-बोलता और चलता- फिरता ही अच्छा लगता है, उसी तरह दीपक अँधेरे में जलता हुआ ही अच्छा लगता है ; बुझा हुआ या बुझता हुआ नहीं।

(2) खुशियों के दीपक

इस कलियुगी जगत में सुखी लोग बहुत कम हैं, जबकि दु:खी और परेशान आत्माएँ ज्यादा हैं। प्राय: लोग अपनी घर-गृहस्थी से परेशान हैं, मँहगाई से दु:खी हैं। वे अपनी जिन्दगी में खुशी पाना तो चाहते हैं, लेकिन उनको खुशी चाहकर भी नहीं मिल पाती है। आमतौर से इंसान धन में खुशी तलाशता है, अपने मित्र-सम्बन्धियों में हर्ष ढूँढता है, व्यंग्य-कटाक्ष और मनोरंजन से आनन्द पाना चाहता है, लेकिन वह खुशी-आनन्द उसे कहीं भी नहीं मिल पाता।

जो मनुष्यात्माएँ खुद सुख-संतोष से रहतीं हैं, जो अपने आप में पूर्ण तृप्त या भरपूर हो चुकी हैं ; वे कभी किसी से कुछ चाहने या पाने की इच्छा नहीं रखतीं। ऐसी महान आत्माएँ ही जीवन से निराश हो चुके लोगों में आशा का संचार कर सकती हैं। वही उन्हें एक प्रकार की सच्ची-अलौकिक-रूहानी खुशी दे सकती हैं। जो लोग दूसरों से कुछ न कुछ पाने का भाव रखते हैं, वे भला औरों को खुशी या कोई और चीज कैसे दे सकते हैं ?

आइए, इस दीपावली पर हम खुशियों के दीपक बनकर जलें अर्थात सब तरह अपनी हँसी, मुस्कान और प्रसन्नता को बिखेरें। कभी किसी से उदास होकर, रौब झाड़कर या अभिमानपूर्वक बात न करें। सभी से निर्मल-सरल और उदार होकर मिलें। किसी को कुछ परेशान, हताश या चिन्तित देखें, तो उसकी तकलीफ का कारण उससे पूछें। दूसरों के दर्द और गम मिटाने से इंसान को सदा ही हर्षित, निश्चिंत और प्रसन्न रहने का वरदान मिल जाता है।

(3) आशाओं के दीपक

सद्ग्रंथों में 'आशा' को ही 'जीवन' कहा गया है। आशा एक अमरबेल की तरह है, जो यद्यपि दुर्बल- सी दिखाई देती है, लेकिन दीन और अदृश्य होकर भी वह व्यक्ति के जीवन को बड़ा सम्बल प्रदान करती है। आशा किसी भी हालत में मनुष्य को टूटने नहीं देती। वह संसार-क्षेत्र में आदमी का जीवनोत्साह बनाए रखती है। निराशा का दूसरा नाम 'मृत्यु' है। जब आदमी अपनी जिन्दगी से निराश हो जाता है, तो वह मौत को अपने गले लगाने के लिए व्याकुल हो उठता है।

जो आदमी स्वयं आशा और उत्साह से भरपूर होकर जीवन जीता है, वह कभी दूसरों को हताश और चिन्तित होते हुए नहीं देख सकता। वह समझता है कि चिन्ता और निराशा में जिन्दगी जीना कितना मुश्किल होता है। अँधेरे में जलता हुआ दीपक अनेक लोगों की आशा का केन्द्र होता है। बिना प्रकाश के रात में मानव को कुछ भी नहीं सूझता। वह न सही राह पर चल पाता है और न अपना कोई कार्य कर पाता है। आँखें होते हुए भी वह उनका उपयोग नहीं कर पाता। दीपक की ज्योति देखकर मनुष्य को आशा बँधती है। उसके अंदर पथ में आगे बढ़ने की तथा कुछ कार्य करने की शक्ति आती है।

आइए, हम खुद उत्साहपूर्ण रहकर दूसरों के जीवन में आशा का उजाला करें। जीवन से थक चुके, निराश हुए लोगों को शक्ति और सहारा दें उनके प्रति भरपूर करुणा व सहानुभूति का भाव रखें। जब हम दीन-दु:खियों के प्रति सम्वेदना का भाव रखेंगे, उनके जीवन की मुश्किलों और समस्याओं को जानकर उन्हें मिटाने के सार्थक प्रयत्न करेंगे ; तो हम निश्चित ही उनके लिए आशाओं का दीपक बन उनके जीवन में उजियारा कर पाएँगे।

(4) प्रेरणाओं के दीपक

मानव आज भले कार्य करना चाहता है, ताकि उसे जीवन का सच्चा सुख-संतोष और आनन्द प्राप्त हो सके ; लेकिन ऐसे नेक कार्यों को करने की प्रबल प्रेरणा उसको कहीं से नहीं

मिल पाती है। यद्यपि ईश्वर सद्प्रेरणाओं का प्रबल स्रोत है, लेकिन ईश्वर तक सबकी पहुँच नहीं है। बहुत से लोग तो ईश्वर के रूप-स्वरूप को वास्तविक रूप से पहचानते भी नहीं हैं। ईश्वर के साथ भी आदमी का रिश्ता स्वार्थ का हो चला है। इंसान बस प्रभु को अपने मतलब के लिए पुकारता है। झूँठ, बेईमानी, आपसी घृणा और परस्पर ईर्ष्या वह छोड़ता नहीं है। ऐसे मे उसे भगवान से सदप्रेरणाएँ भला कैसे प्राप्त हो सकेंगी ?

जिन्हें आज मानव अपना आदर्श, अपनी प्रेरणा बनाना चाहता है, वह आज माया-मोह-जाल और कई तरह के षड्यंत्रों में लिप्त पाए जाते है। कुछ धार्मिक भ्रष्टाचार में लिप्त होकर तिहाड़-जेल की हवा खा रहे हैं। ऐसे में कौन दु:खी-अशान्त, गर्मों के सताए परेशान लोगों की आशाओं का दीपक बन सकता है ? आशा-प्रदीप वही बन सकेगा, जिसका जीवन खुद आशा और संभावनाओं से भरपूर होगा, जो दूसरों से किसी चीज की अपेक्षा न रख उनकी नि:स्वार्थ सेवा कर सकेगा। केवल वही मानव दूसरों के निराशा- अंधकार को समाप्त कर

सकता है। वही दूसरों के खुशहाल-सुखमय जीवन की प्रबल प्रेरणा और बेहतर जीवन का आदर्श बन सकता है। यदि आप दूसरों के दोष-कमियों की ओर न देख अपने मन की शुभ भावनाएँ दूसरों तक पहुँचाते रहते हैं, तो यकीन मानिए आप दूसरों की जिन्दगी के लिए आदर्श प्रेरणा का दीपक बन सकते हैं।

(5) उत्साह के दीपक

आज के संघर्ष के दौर में अनेक लोगों को हम उत्साह-हीन अवस्था में देखते हैं। दीपावली का त्यौहार भी उन्हें केवल एक दिन की खुशी ही दे पाता है। अगले दिन से जीवन-जगत की मुश्किलों को देखकर वे फिर से हताश हो जाते हैं। त्यौहार के आ जाने से जगत के संघर्ष और जीवन की समस्याएँ दूर नहीं हो पाती हैं।

आदमी के जीवन में उत्साह की कमी इसलिए हैं क्योंकि उसके अंदर समस्याओं से लड़ने की शक्ति नहीं है। उत्साह ही वह शक्ति है, जो हमें समस्याओं पर काबू पाने का बल प्रदान करता है। किसी भी काम को पूरा करने के लिए हमेशा दो चीजों की आवश्यकता पड़ती है। इनमें से एक खुशी है और दूसरा बल है। अगर आपके मन में खुशी नहीं है, तो आप कोई भी बड़ा काम ठीक ढंग से नहीं कर पाएँगे। इसके अलावा अगर आपके शरीर में काम करने की क्षमता या बल नहीं है, तो भी परिश्रम का कार्य आपसे नहीं हो पाएगा। यदि कोई आपको काम करने का उल्लास या उत्साह दिला दे, कोई आपको कार्य का हौंसला बढ़ा दे ; तो आसानी से हँसते मुस्कराते हुए आप किसी भी कार्य को कर पाएँगे।

उत्साह मानव के जीवन का बहुत बड़ा बल है। यदि 'उत्साह' को ही 'जीवन' कहा जाए, तो इसमें कोई अतिशयोक्ति नहीं होगी। जो व्यक्ति स्वयं उत्साह में रहते हैं, जीवन को उल्लासपूर्ण ढंग से बिताते हैं ; वे ही औरों के जीवनोत्साह अथवा कार्योत्साह में वृद्धि कर सकते हैं।

(6) मूल्यों अथवा मूल्यनिष्ठता के दीपक

जीवन-मूल्यों की धारणा के बिना मनुष्य पशुओं से भी निकृष्ट हो जाता है। वे मूल्य ही हैं, जो मनुष्य को मानवता प्रदान करते हैं। नकारात्मक और विध्वंशात्मक मूल्य धारण करने से मानव, मनुष्य और पशुओं की श्रेणी से भी निकृष्ट ; दानव या राक्षस की श्रेणी में आ जाता है।

मूल्य कई प्रकार के होते हैं। 'दृष्टिकोण' के आधार पर मूल्य सकारात्मक और नकारात्मक - - दो प्रकार के होते हैं। सकारात्मक मूल्यों में शान्ति, अहिंसा और धैर्य जैसे मूल्य आते हैं ; जबकि नकारात्मक मूल्यों में हिंसा, अन्याय और कायरता आदि मूल्यों को शामिल किया जाता है। 'उद्देश्य' के आधार पर मूल्य साध्य और साधन प्रकार के होते हैं। साध्य में सभी शुभ वस्तुओं या अवस्था को शामिल किया जाता है और साधन में वे चीजें आती हैं, जो अपने आप में शुभ न होकर किसी वस्तु के साधन रूप में शुभ होती हैं। 'विषय-क्षेत्र' के आधार पर मूल्य सामाजिक, मानवीय, नैतिक, आध्यात्मिक, भौतिक, सौन्दर्यात्मक और मनोवैज्ञानिक प्रकार के होते हैं। सामाजिक मूल्य अधिकार, कर्त्तव्य, न्याय आदि हैं। नैतिक मूल्य न्याय, ईमानदारी आदि हैं।आध्यात्मिक मूल्य शांति, प्रेम, अहिंसा आदि हैं।

भौतिक मूल्य भोजन, मकान, वस्त्र आदि हैं।सौंदर्यात्मक मूल्य, प्रकृति, कला एवं मानवीय

जीवन के सौंदर्य हैं। मनोवैज्ञानिक मूल्य प्रेम, दया आदि कहलाए जाते हैं। इसी तरह कार्य क्षेत्र के आधार पर राजनीतिक मूल्य ईमानदारी, सेवा भाव आदि ; न्यायिक मूल्य सत्यनिष्ठा, निष्पक्षता आदि ; व्यावसायिक मूल्य जवाबदेही, ज़िम्मेदारी, सत्यनिष्ठा आदि होते हैं।

मूल्यनिष्ठता के दीपक वे हैं, जो अपने जीवन में ईमानदारी, सत्यता, धैर्य, साहस आदि मूल्यों की धारणा रखते हैं। जो लोग इन गुणों की धारणा अपने भीतर रखते हैं, वे ही इन गुणों या मूल्यों का दान दूसरों को दे सकते हैं। सच बात तो यह है कि उन धारणायुक्त लोगों के अंदर से मूल्यों का प्रकाश चारों तरफ अपने आप फैलता रहता है। उनकी धारणाएँ देखकर दूसरे लोग स्वत : ही उनसे मूल्यों की शिक्षा प्राप्त करते रहते हैं।

(7) रूहानी अथवा आध्यात्मिक दीपक

जिस तरह समाज में रात्रिगत अंधकार को दूर करने के लिए माटी के दीपकों की आवश्यकता पड़ती है, उसी तरह आध्यात्मिक अथवा मनोजगत में छाए काम, क्रोध, लोभ, मोह, अहंकार, इर्ष्या, घृणा, द्वेष आदि अंधेरों को दूर करने के लिए आध्यात्मिक दीपकों की आवश्यकता पड़ती है। आध्यात्मिक दीपक वे लोग होते हैं, जो ज्ञानी-विवेकी और विकार-रहित होते हैं। जिनका अन्त:करण या मन निर्मल होता है ; और जो दया-क्षमा-स्नेह और करुणा आदि भावों से युक्त होते हैं। प्राय: ऐसे लोगों को 'संत' और 'महात्मा' कहा जाता है।

समाज में जितनी जरूरत रोगियों का रोग दूर करने के लिए डाक्टरों की है, उतनी ही जरूरत काम-क्रोध आदि मानसिक रोगों को दूर करने के लिए संत-महत्माओं की है। ऐसे लोग अपने प्रवचन-सतसंग के जरिए लोगों को समझदारी की राह बताते हैं, उन्हें सद्ज्ञान का उजाला देकर जीवन की सच्ची-नेक राह पर चलने के लिए प्रेरित करते हैं। इस कोटि के लोगों को समाज के रूहानी अथवा 'आध्यात्मिक दीपक' कहा जाता है। ऐसे लोग सब प्रकार का मनोविकारों और बुराइयों से छूटे हुए होते हैं। वे माया नाम की आकर्षण से परे ; मायाजीत होते हैं।

(8) सद्-चरित्र के दीपक

चरित्र मनुष्य के जीवन की सबसे बड़ी पूँजी है। कहते हैं कि अगर धन खो जाए, तो उसे दुबारा परिश्रम से प्राप्त किया जा सकता है। अगर शरीर का स्वास्थ्य चला जाए, तो पौष्टिक आहार और व्यायाम आदि से उसे पुन: पाया जा सकता है, लेकिन अगर आदमी का चरित्र चला जाता है अथवा वह भ्रष्ट चरित्र वाला बन जाता है, तो उसे वापिस लौटा पाना बड़ा मुश्किल होगा है। तब सत्संग और स्वाध्याय ; मनन-चिंतन और तप आदि बहुत से उपाय करने पड़ते हैं, तब जाकर आदमी वापिस अपने चरित्र के उच्च -स्तर तक पहुँच पाता है।

आज ज्ञान, विद्या, बुद्धि और धन की ताकत की इंसान के पास कोई कमी नहीं है ; संसार की भागदौड़ और आपाधापी के बीच मानव का चरित्र कहीं खो गया है। चरित्र की कमी अथवा अभाव के कारण संसार में घर-परिवार की मुश्किलें और सामाजिक व राष्ट्रीय जैसी

अनेक तरह की समस्याएँ दुनिया में पैदा हो गई हैं। आज संसार में अन्याय, अधर्म, भ्रष्टाचार, शोषण, हत्या, व्यभिचार और बलात्कार जैसी समस्याएँ चरित्र के अभाव के कारण ही पैदा हुई हैं। इस दीपावली पर , आइए हम सभी भारतीय जन उज्ज्वल चरित्र को धारण करके सद्-चरित्र के दीपक बन जाएँ।

अगर हम अपने जीवन में बेहतर चरित्र को धारण करेंगे, खुशहाल और आदर्श ज़िन्दगी व्यतीत करेंगे, तो हमको देखकर औरों के मन में भी वैसा जीवन अपनाने की प्रेरणा उत्पन्न होगी। धन भले ही हमें ज़िन्दगी में कम प्राप्त हो पाए, उसकी हमें परवाह नहीं करनी है, लेकिन चरित्र के खजाने की हमारे अंदर कभी कमी नहीं होनी चाहिए। हमको अपने उज्ज्वल चरित्र का आलोक सब तरफ फैलाते रहना चाहिए, यही मानव-जीवन की सार्थकता है।

(9) शुभ भावों के दीपक

मनुष्य के मन में अच्छे और बुरे ; दो प्रकार के भाव पैदा होते हैं। अच्छे भाव या शुभ भाव उसे जीवन की उन्नति की ओर ले जाते हैं और बुरे भाव उसकी ज़िन्दगी का पतन कर देते हैं। स्नेह-प्यार, उदारता, दया, क्षमा, परोपकार, सरलता और उदारता -- ये ऐसे मनोभाव हैं, जो सकारात्मक या मानवोन्नतिकारी कहलाते हैं। ऐसे भाव हृदय में धारण करने से जहाँ मानसिक संतोष और शान्ति पैदा होती है, वहीं दूसरों को भी सुख-आनन्द प्राप्त होता है। दूसरी तरफ हिंसा, वैर भाव, घृणा मन में धारण करने से जहाँ आदमी खुद दु:खी रहता है, वहीं वह अल्प या अधिक मात्रा में दूसरों को भी दु:ख पहुँचाने के निमित्त बन जाता है।

पवित्रता को सुख-शान्ति की जननी या माता कहा जाता है। शुभ भाव मनुष्य की हृदयगत पवित्रता या स्वच्छता ही है। अगर हमारे मन में दूसरों के प्रति अच्छी भावना रहेगी, तो हम मानसिक सुख-शान्ति का अनुभव भली-भाँति कर सकेंगे और दूसरों को भी शान्ति और धीरज दे सकेंगे।

इस दीपावली के अवसर पर, आओ हम प्रतिज्ञा करें कि हम किसी से नफरत, ईर्ष्या, द्वेष और वैर का दुर्भाव नहीं रखेंगे। सबको खुशी, आशा, प्रेरणा और उत्साह देने का काम करेंगे। हम अपने सद्-चरित्र और शुभ भावों से सब के जीवन में सुख-संतोष का उजाला करेंगे और इस पृथ्वी पर सच्चे रूहानी दीपक बनकर दिखाएँगे।

सकारात्मक ऊर्जा के प्रसार का पर्व : दीपावली

दीपावली का त्यौहार भारतीयों को अतुलित आनंद, उत्साह और हर्ष प्रदान करता है। यह पर्व मानव- आत्मा की सुख-समृद्धि, ज्ञान और विवेक की संपूर्णता तथा अंतर्मन की खुशहाली का प्रतीक है। दीवाली की रात जब घर के आंगन, दरवाजे, छत की मुंडेर और गली में अनेक सारे दीपक झिलमिल करते हैं, तो एक अद्भुत सकारात्मक ऊर्जा का प्रवाह शहर और गाँव के वातावरण में उत्पन्न होता है।

अनेक शताब्दियों पहले इस प्रकार की सकारात्मक ऊर्जा को भारत भूमि पर मर्यादा पुरुषोत्तम राम ने उत्पन्न किया था। उस समय रावण जैसी भयानक बुराइयाँ पृथ्वी पर विद्यमान थीं। श्री राम ने आसुरी प्रवृतियों के नाश के लिए अपने राज महलों के सुख का त्याग किया था। कई साल कंद-मूल-फल खाते हुए वन-उपवन में रहे लेकिन उनके जीवन का मूल लक्ष्य नकारात्मकता और आसुरी वृत्तियों की समाप्ति का था।

श्री राम के समय दैवी प्रवृत्ति के मानवों के साथ आसुरी प्रवृत्तियों के दुष्ट लोग भी मौजूद थे, जो साधु सन्यासियों को परेशान किया करते थे और तपस्वियों के यज्ञ-कार्य में विघ्न डालते थे। श्री राम ने अपनी शक्ति से इस प्रकार की आसुरी शक्तियों का वध किया और साधु जनों को निर्भयता प्रदान की। अंत में उनका सामना लंकाधिपति रावण के साथ हुआ, जो

यद्यपि जन्म और जाति से ब्राह्मण था, लेकिन वृत्तियाँ उसकी आसुरी प्रकार की थीं। वह असुरों की तरह साधु-संतों को अहंकारवश परेशान किया करता था।

कई साधुओं को पकड़कर उसने उन्हें अपने कारागार में डाल दिया था। केवल यही नहीं, रावण की नारियों के प्रति भी कुदृष्टि थी। इसी के चलते उसने मर्यादा पुरुषोत्तम श्री राम की धर्मपत्नी सीता जी का पंचवटी से हरण कर लिया था तथा जबरन उन्हें पंचवटी से निकाल कर अपने लंका राज्य में ले आया था। वहाँ रावण ने सीता जी को अशोक वाटिका में रखा और कई प्रकार की चेष्टाओं से सीता जी को अपनी जीवनसंगिनी बनाने का प्रयत्न किया। यही बात रावण के पतन और नाश का कारण बनी। उस समय श्री रामचंद्र वनवासी थे। उनके पास रावण जैसी महाशक्ति से मुकाबला करने के लिए अपनी सेना नहीं थी, लेकिन अपने प्रेम, दया और सकारात्मक उर्जा के प्रभाव से राम ने वनवास जीव-जंतुओं को अपना शुभचिंतक, हितैश जी और मददगार बना लिया। जब दैवी शक्ति के धनी श्री राम का आसुरी शक्ति के धनी रावण के साथ संग्राम हुआ, तो श्री राम की मामूली वानर सेना ने राम से सकारात्मक ऊर्जा और उत्साह का नया जोश प्राप्त किया तथा नकारात्मक ऊर्जा वाली आसुरी शक्तियों के प्रतीक रावण की सेना को हरा दिया।

कहते हैं कि कई बातों को आदमी अपने पेट में पचा लेता है और कई बातों को वह अपने अंदर समा नहीं पाता है। रावण एक ऐसा आसुरी इंसान था, जो ईर्ष्या, द्वेष, छल, कपट और अहंकार आदि कई प्रकार की आसुरी शक्तियों से संपन्न था। इस कारण कई तरह की नकारात्मक बातें उसके पेट या नाभि कुंड में समाई रहती थीं। राम-रावण युद्ध के समय जब श्री रामचंद्र रावण पर कई प्रकार के अस्त्र-शस्त्रों का प्रयोग करते-करते हार गए और रावण नहीं

मरा, तो विभीषण ने राम को यह भेद बताया कि रावण की नाभि में अमृत का कुंड है। जब तक आप अग्नि-बाण चलाकर नाभि के उस कुंड का अमृत समाप्त नहीं करेंगे, तब तक रावण की मृत्यु नहीं होगी। इस भेद को जानकर मर्यादा पुरुषोत्तम राम ने अपना अग्निबाण छोड़ा और वह बाण सीधा रावण के नाभि-कुंड में जाकर लगा।उस कुंड का सारा अमृत-कोष सूख गया और अमृत के सूख जाने से रावण को अमरता का जो वरदान मिला हुआ था, वह भी समाप्त हो गया और रावण मृत्यु को प्राप्त हुआ।

पाठकों ! यदि हम आज के संदर्भ में राम और रावण के युद्ध को देखें तो हमें पता चलेगा कि यह युद्ध दो मनुष्य के बीच का नहीं बल्कि आसुरी और दैवी प्रवृत्तियों की बीच का है। श्री राम दैवी प्रवृत्ति के प्रतीक हैं, जबकि रावण मानव की आसुरी प्रवृत्ति का प्रतीक है। श्रीमदभगवत गीता में मानव की इन दो तरह की प्रकृतियों या आदतों का वर्णन है। इस कलियुगी संसार में प्राय: हर मानव के अंदर इस तरह की दोनों प्रवृतियाँ पाई जाती हैं। मनुष्य की दैवी प्रकृति उसे परोपकार, मानवीयता, श्रद्धा, दया, स्नेह, ईश्वर भक्ति, उदारता और निर्मलता की ओर ले जाती है ; जबकि आसुरी प्रकृति मानव को झूठ, छल, कपट, ईर्ष्या, द्वेष, नफरत, काम, क्रोध, लोभ, मोह, अहंकार, स्वार्थ अपकार, कृतघ्नता, कठोरता, निर्ममता, हिंसा और वैर भावना की ओर ले जाती है। प्राय: हर एक मानव के अंदर इस तरह की सकारात्मक और नकारात्मक ; दो प्रकार की ऊर्जाओं का प्रवाह मौजूद रहता है। इनमें से एक प्रकार की ऊर्जा की अधिकता मानव के व्यक्तित्व को दर्शाती है और उसके प्रभाव से दूसरे

प्रकार की ऊर्जा अवचेतन रूप में या अप्रकट रूप में मानव के अंदर दबी रहती है। इस प्रकार की ऊर्जाएँ मानव के शरीर के अंदर स्थूल रूप से नहीं रहती, बल्कि मनुष्य की अंतरात्मा के अंदर सूक्ष्म रूप से मौजूद रहती हैं।

मन और बुद्धि के जरिए, चित्त और संस्कार के जरिए, मानव के व्यवहार और आचरण के जरिए, उसके बोल और कर्म के जरिए यह ऊर्जाएँ मानव के भीतर से प्रवाहित होती रहती हैं। यदि हम अपने भीतर झाँक कर देखें, तो आज भी हमारे अंदर इस तरह की अच्छी और बुरी, दोनों प्रकार की सूक्ष्म उर्जाएँ हमको मौजूद मिलेंगी।

जब मानव दुःखी, चिंतित, परेशान और उदास हो जाता है, तो समझा जाता है कि वह मन की नकारात्मक ऊर्जा से पीड़ित है और जब वह अपने अंदर सकारात्मक ऊर्जा धारण कर लेता है तो उसका जीवन उत्साह, आनंद और सुख-शांति से भर उठता है। श्रीराम द्वारा रावण के नाभि-कुंड में जो बाण मारा गया था, वह असल में इंसान के मानस-कुंड में भरी हुई बुराइयों या आसुरी संकल्पों को नष्ट करने का प्रतीक है।

दीपावली-पर्व मनाने के क्रम में सबसे पहले नवरात्रि का त्यौहार आता है, जो मानव की नौ प्रकार की देवी शक्तियों के आह्वान का प्रतीक पर्व है। इन नौ दिनों में मानव ईश्वर-उपासना के द्वारा देवी शक्तियाँ प्राप्त कर लेता है। इन दैवी शक्तियों से दसवें दिन वह रावण रूपी आसुरी शक्ति का खात्मा कर जीवन का सच्चा दशहरा मनाता है। दशहरे के बाद हम श्री राम के अयोध्या-आगमन के उपलक्ष में अपने घर-मकानों को साफ-सुथरा बनाने और सजाने का पुरुषार्थ करते हैं। श्री राम ने लंका पर चढ़ाई करने से पहले देवी माँ की आराधना की थी और भगवान शिव का अनुष्ठान किया था। इसके पश्चात उन्हीं दैवी शक्तियों के द्वारा उन्होंने रावण

का वध किया था। तत्पश्चात वे अपनी धर्मपत्नी जनकनंदिनी सीता और छोटे भाई लक्ष्मण सहित अयोध्यापुरी पधारे थे। आज के संदर्भ में दीपावली का महान पर्व हमें यही शिक्षा देता है कि हम भी सबसे पहले नवदुर्गा में अपने भीतर छिपी अष्ट शक्तियों और देवी प्रकृति की नवदुर्गा शक्तियों को जागृत कर दिव्यता व शक्ति-सामर्थ्य से संपन्न बनें तथा काम, क्रोध, लोभ, मोह, अहंकार ईर्ष्या, द्वेष, नफरत, झूँठ और स्वार्थ रूपी दस शीश वाले दसकंदर अथवा आसुरीयता या नकारात्मकता का अंत करें। इसके बाद ही हम अपनी मन, बुद्धि और अंतरात्मा के आंतरिक सदन को साफ-सुथरा बना कर उसे श्री राम आगमन की सुंदर अयोध्यापुरी की तरह सजा सकते हैं।

असल में मानव का अंतर्मन ही उसकी अयोध्या है। जब तक हम अंतरात्मा या मन की इस अवधपुरी को शुभ संकल्पों की बंदनवार, पवित्रता के कलई-रोगन और स्वच्छता-निर्मलता की झाड़ू कूची से साफ-सुथरा वा निर्मल नहीं बनाएंगे, तब तक हमारे मन की अयोध्या में प्रभु राम का शुभ आगमन नहीं हो पाएगा और ना ही श्री गणेश और लक्ष्मी मैया हमारे ऊपर अपनी कृपा और आशीर्वाद बनाए रख सकेंगे।

बरसों पहले श्री राम के अयोध्या-आगमन की खुशी में अयोध्यावासियों ने घर-घर मैं खुशी के दीपक जलाए थे। उस समय उन दीपकों के जरिए सारे भारतवर्ष में हर्ष और प्रसन्नता का ऐसा आनंदकारी वातावरण बन गया था कि सभी अपने आप को परम सौभाग्यशाली महसूस

कर रहे थे। आज हमारे मन रूपी नाभि कुंड में ईर्ष्या, घृणा, झूठ, स्वार्थ, काम, क्रोध, लोभ, मोह और अहंकार का अमृत नहीं बल्कि जहर या विष भर चुका है।उस नाभि-कुंड पर जब तक हम अपनी दैवी शक्ति से या मन के सकारात्मक शुभ संकल्प से ज्ञान-विवेक और तर्क के अग्निबाण की वर्षा नहीं करेंगे, तब तक वह आसुरी शक्ति का कुंड नष्ट नहीं होगा। तब हमारे भीतर का रावण भी जिन्दा रहेगा और हमारे जीवन में दु:ख, अशांति, कलह-क्लेष छाया ही रहेगा। आइए इस दीपावली पर्व पर हम शुभ संकल्पों का, अच्छे विचारों का, दया-प्रेम का, करुणा-ममता का दीपक जला लें। जब हम अपने मन की अयोध्या में इतने सारे सूक्ष्म दिव्य दीपकों को जला लेंगे तो हमारे जीवन से नकारात्मक ऊर्जा अथवा आसुरी शक्तियों की ऊर्जा हमेशा के लिए नष्ट हो जाएगी और हमारी जिंदगी में एक ऐसा दिव्य उजाला चारों ओर फैलेगा, जिससे हमारा जीवन संपूर्ण सुख-शांति, समृद्धि, सफलता, विश्वास, श्रद्धा, आस्था और आशा से भरपूर हो उठेगा।

वर्तमान समय हर एक भारतवासी को अपने भीतर दैवी प्रकृति के ऐसे ही सुंदर-सुंदर दीपकों को जलाने की आवश्यकता है। समय के प्रभाव में मिट्टी के दिए तो अपना अस्तित्व खोते जा रहे हैं और उनकी जगह बिजली के रंग-बिरंगे बल्वों और एल0ई0डी0 लाइटों ने ले ली है ; लेकिन अब हमें मिट्टी के दीपों से भी ज्यादा प्रभावशाली शुभ संकल्पों और सकारात्मक विचारों के उज्जवल दीपकों को जलाने की आवश्यकता है। जब समयानुसार भारत के मिट्टी के दीपकों की जगह चाइना की रंगीन झालर अली चुकी हैं, तो अब हमें इस 21वीं सदी में एक कदम और आगे बढ़ जाना चाहिए और अपने मन के अंदर अच्छे विचारों के शुभ संकल्पों के

दिव्य दीपक जलाने का प्रयत्न करना चाहिए।

इस प्रकार के दीपक जलाने का मतलब यह है कि हम अपने मित्रों, आज-पड़ोस के लोगों, नाते रिश्तेदारों, सभी देशवासियों और विश्व के समस्त लोगों के प्रति प्रेम, आदर, सम्मान का भाव अपने मन में उत्पन्न करें दूसरों के कल्याण की भावना दिल में रखें। सदा दूसरों को अच्छे नजरिए से या सकारात्मक दृष्टिकोनण से देखें। इस प्रकार की मन के छोटे-छोटे शुभ संकल्पों की दीप-मालाएँ हमें केवल दीपावली की रात ही नहीं, बल्कि हर दिन अपनी जिंदगी में सजानी चाहिए ; ताकि हमारा हर दिन दीपावली का-सा सुनहरा और सुखद उत्सव साबित हो।

भगवान श्रीराम का आशीर्वाद भी हमें तभी प्राप्त हो सकेगा जब हम अपने मन रूपी अयोध्या में सकारात्मक संकल्पों के ऐसे प्रदीप प्रज्वलित करेंगे। तभी हमें माँ लक्ष्मी और विघ्न विनाशक गणेश जी के आशीर्वाद की प्राप्ति भी हो सकेगी। मन में शुभ संकल्पों के दीपक जला कर हम अपनी जिंदगी के विघ्नों को खुद ही हर सकेंगे और सुख शांति के अनमोल धन से जीवन को समृद्ध बना सकेंगे।

दीपोत्सव : खुशहाली एवं मंगल का प्रतीक पर्व

इस वर्ष कोरोना विषाणु ने विश्व के अन्य राष्ट्रों के साथ भारत के अन्दर भी बहुत कोहराम मचाया है। भारत में कोविड-19 का संक्रमण होली-त्यौहार के बाद धीमी गति से प्रारम्भ हुआ था और सात माह इसके द्वारा प्रदत्त दु:ख, भय और कष्ट झेलते-झेलते अब शरद ऋतु का पावन-पर्व 'दीपावली का त्यौहार' आ चुका है लेकिन अब हमें दीवाली मनाने के साथ-साथ कोरोना-जनित इस सामयिक भय और कष्ट को भूल जाना होगा।

कारण यह है कि दीवाली सदियों से अभयता, मंगल एवं खुशहाली का पैगाम लाती हुई हमारे जीवन में प्रवेश करती रही हैं और हमें अपनी सनातन-भारतीय-संस्कृति की उसी श्रेष्ठ परम्परा का निर्वाह इस बार भी दीपोत्सव के मंगल पर्व पर करना चाहिए लेकिन इसका मतलब यह नहीं है कि हम कोरोना संक्रमण से बरती जाने वाली सावधानियों को अपनाना छोड़ देंगे। जब तक कोरोना का आतंक और भय हमारे देश से खत्म नहीं हो जाता, तब तक हमें मुँह पर मारक, सोशल डिस्टेंसिंग और बार-बार हस्त-प्रक्षालन के नियम का पालन तो

करना ही है, लेकिन इसके साथ-साथ हमें अपने मन में एक नवीन उत्साह, आत्मविश्वास और नव-सृजनात्मकता को भी भरना है। तभी हर वर्ष की तरह इस बार भी हमारा दीपावली मनाना सार्थक हो सकेगा।

सदियों से हम भारतीय बड़े ही उमंग-उत्साह और हर्षोल्लास के साथ दीपावली का त्यौहार मनाते आए है। इस बार भी दीवाली पर हमें अपनी खुशी को किसी भी मायने में कम नहीं करना है। इस कलियुगी-समय में रोग और आपदा का आना कोई अचरज वाली बात नहीं है। हम सब भारतीयों को मिलजुल कर ऐसा नया जगत लाने की तैयारी करनी चाहिए ; जो (संसार) रोग, शोक, दुःख, अशान्ति, कलह-क्लेश, विपदा, भूख, गरीबी से रहित हो। जहाँ श्री लक्ष्मी माता का शुभ आशीर्वाद हमारे ऊपर बना रहे।

इस बार दीवाली का त्यौहार ऐसे ही शुभ लक्षण लेकर हमारे सम्मुख आया है। लेकिन इसके लिए कुछ जरूरी तैयारियों हमको करनी होंगी। दीवाली आने से पहले हम अपने घर की साफ-सफाई करते हैं। मकान को रंग-रोगन और वार्निश से चमकाते है। इस बार हमें निज सदन की बाह्य साफ-सफाई और सज्जा (सजावट) करने के साथ-साथ अपने मन रुपी घर को भी साफ-स्वच्छ बनाना और सजाना है। मन रूपी घर से काम, क्रोध, लोभ, मोह, अहंकार, घृणा, ईर्ष्या, द्वेष और वैर-भावना के कूड़े-करकट, किचड़े व गंदगी को सत्संग के झाड़ू और ज्ञान के पौंछे से निकाल बाहर करना है। सदगुण, दया-क्षमा-उदारता-शील-संतोष जैसे रंग-रोगन से अपने मन के सूक्ष्म घर को सजाना है। असल में हम लोग अपना ज्यादा समय उस मन रूपी घर में ही अधिक गुजारते हैं। इसलिए हमें अपने मन की बैठक (कक्ष) को सबसे पहले दुरुस्त

करने का प्रयत्न करना चाहिए, तभी हम इस बार के दीपावली-पर्व पर जीवन की सच्ची सुख-शान्ति और खुशहाली का अनुभव कर सकेंगे।

दीवाली पर खास प्रथा हमारे देश में रात्रिकाल दीप-प्रज्वलन की रही है। रामायण के अनुसार श्री रामचन्द्र जी बुराइयों के प्रतीक रावण का अंत करके अपनी धर्मपत्नी सीताजी तथा छोटे भाई लक्ष्मण सहित सकुशल अवधपुरी लौटे थे। इस खुशी के मौके पर पहली बार अयोध्यावासियों ने अपने घर-आंगन में खुशी के दीपक जलाए थे। वह हमारे देश की सबसे पहली दीवाली थी। तबसे हर साल कार्तिक माह की अमावस्या के दिन भारत में दीपावली का त्यौहार मनाने की परम्परा चली आई है।

जिस रावण का श्रीराम ने अपने समय में वध किया था, वह रावण मन की बुराइयों और आसुरी वृत्तियों के रूप में भारतीयों के भीतर आज भी जिन्दा है, तभी तो हमारे देश के लोग अपने परिवार और समाज के अंदर छोटे-छोटे मसलों को लेकर आपस में लड़ते-झगड़ते हैं। उस रावण नामक बुराई की प्रबलता के कारण ही तो भारत में हिंसा, अधर्म, अन्याय, भ्रष्टाचार, शोषण और बलात्कार जैसे बुरे कार्य आए दिन होते रहते है।

हिंसा, चोरी, झूँठ, घृणा, यौन-शोषण, भ्रष्टाचार, आतंकवाद, साम्प्रदायिकता, गरीबी और लाचारी आदि दस मुखौटे लगाए रावण आज भी हमारे देश में अपनी आन-बान और शान के साथ जी रहा है। वह मरा नहीं है, बल्कि जिन्दा हैं और जब तक इस रावण का भारत देश की

धरती से अन्त नहीं होगा, तब तक न तो हर साल हमारा दशहरा मनाना सार्थक हो सकेगा और न ही हमारे लिए दीपावली का त्यौहार मनाना हर्षप्रदायक हो पाएगा। हर साल दशहरा और दीवाली मनाने के बाद भी इस कपटी सूक्ष्म रावण का अंत नहीं हो पाता है। यही कारण है कि इन त्यौहारों की खुशी ज्यादा दिनों तक हमारे जीवन में टिक नहीं पाती है। हम त्यौहार मनाकर निबट चुके होते है और रावण काम, क्रोध, लोभ, मोह, अहंकार, ईर्ष्या, घृणा, द्वेष, वैरभाव और भय आदि दस मुख-रूपों में से किसी न किसी रूप से हमें परेशान करने लगता है। हमारे जीवन में उसका कोई न कोई गण या मुखौटा दाखिल होकर हमारी जिन्दगी को दु:ख, भय और चिन्ता जैसी खतरनाक त्रासदी से भर देता है।

आइए, इस बार हम स्वयं अपनी जिन्दगी के विघ्नहर्ता गणेश बनकर अपने मन में छिपी इन बुराइयों का वध कर डालें और सच्ची आन्तरिक खुशी के साथ दीपावली का त्यौहार मनाएँ। अपने तन रूपी दीपक में ईश्वर के स्नेह-श्रद्धाभाव का तेल या घृत डालें और आत्मा रूपी बाती को सद‌ज्ञान के प्रकाश से जलाकर चारों तरफ ज्ञान, विवेक, सदभाव, भातृत्वभाव, प्रेम, दया, सरलता, करुणा, मैत्री, आदि सद‌गुणों का प्रकाश फैलाएँ। तभी हमारा दीपोत्सव-पर्व मनाना सार्थक हो सकेगा।

दीवाली का उपहार

इतना सम्मान-सत्कार,

कैसे मैं समा पाऊँगा !

दीवाली का यह उपहार,

कैसे मैं भुला पाऊँगा ?

आदरणीय भाई चन्द्रहास,

मेरे सद्ग्रंथ-प्रकाशक हैं।

वे काव्य-कला के मर्मज्ञ,

कई उपन्यास के लेखक हैं।।

इस भाव-पटल पर पहुँच मीत,

मैं निज कर्त्तव्य निभाऊँगा !

दीवाली का यह उपहार,

कैसे मैं भुला पाऊँगा ?

आशा न थी लेखन-साधना,

ऐसा रंग दिखाएगी।

पुस्तक-मेले में प्रिय पाठकों

से मुझको मिलवाएगी।।

श्रम-कण से पोषित मुक्त करों से,

ऑटोग्राफ दे पाऊँगा !

दीवाली का यह उपहार,

कैसे मैं भुला पाऊँगा ?

प्रभु सबके कर्म और साधना,

पर सदा दृष्टि रखते।

वे एक दिवस फल देते हैं,

न निज पर किंचित ऋण रखते।

अब तो जीवन-भर सतत-लेखनी,

का दायित्व निभाऊँगा !
दीवाली का यह उपहार,
कैसे मैं भुला पाऊँगा ?

दीवाली का शुभ दिन आया : 1

चारों ओर धूमधाम है,

जहाँ रौशनी से नहाया !

सबने आशा-दीप जलाए,

दीवाली का शुभ दिन आया !!

' सब मिलकर हम रहें प्रेम से ',

-- यही दीवाली हमसे कहती।

भेदभाव की तोड़ दीवारें,

अखण्ड वसुधा है हँसती।।

सब जन अपने इस धरती के,

कोई भी न यहाँ पराया !

चारों ओर धूमधाम है,

दीवाली का शुभ दिन आया !!

अंधकार पर उजियारे की,

महाविजय का दिव्य-पर्व है।

इस ज्योति के महापर्व का,

अपने मन में बड़ा गर्व है।।

ज्योति-पर्व ने दूर किया है,

तिमिर-दु:ख-कष्टों का साया !

चारों ओर धूमधाम है,

दीवाली का शुभ दिन आया !!

यही दिवस था श्रीराम जब,

वनवास से घर को लौटे।

रावण-कुम्भकर्ण-असुर सब,

मारे गए जन थे खोटे।।

रामराज्य एक बार पुन: ,

भारत की वसुधा पर था छाया !

चारों ओर धूमधाम है,

दीवाली का शुभ दिन आया !!

दीवाली क्या कहती ?

अंधकार को चीरता,

नन्हें माटी-दीप का प्रकाश

साहस और उत्साह से भरा

देता नव-जागृति, नव-क्रान्ति का सन्देश.....

वह लड़ता है तिमिर से हर पल

साँस अन्तिम चुक जाने तक।

जीवन-पथ के हर कर्मरथी को,

देता धीरज

कि रुको न पथ में

विश्राम न लो तनिक

बस चलते ही चलो

अन्तिम विजय पाने तक

साँस सारी चुक जाने तक......

विज्ञान के जगत में,

मिट्टी का दीपक

आज भी महनीय, है आज भी प्रासंगिक

वह ठीक मानव के नश्वर-तन सा

पृथ्वी पर अचल रह,

सत्य और न्याय का देता सन्देश।

सुनो-सुनो,

क्या कहती है दीवाली ?

उसके आलोकमय सन्देश को सुनो

यह पर्व,

प्रतीक है अज्ञान-तिमिर-नाश का

आसुरीयता के अंत का

अधर्म पर धर्म की विजय का प्रतीक....
दीवाली कहती है ---
जीवन-पथ को कर ज्योतिर्मय,
औरों को दें नई आश, जीवन का नया उत्साह
समरसता से जीवन बिताएँ
जलाएँ आत्म-दीप सद्ज्ञान से
अन्त:-बाह्य कर रौशन
बढ़ चलें हम कर्म-पथ पर.....

दीपावली-सन्देश

इस दीपोत्सव पर आओ हम,

जीवन में नवोत्साह भरें !

आदर्श मान लें हम प्रकाश को,

जीवन-पथ का तिमिर हरें !!

हम लक्ष्य साध ले श्रेष्ठ और,

अपनाएँ लक्षण दिव्य-सरल।

माँ लक्ष्मी जैसा दया-भाव,

नारी में आए शुभ्र-विमला॥

हम विघ्न-विनाशक लम्बोदर-से,

सबके विघ्न दूर करें !

आदर्श मान लें हम प्रकाश को,

जीवन-पथ का तिमिर हरें !!

मन के कलुषित सब भाव हटा,

शुभ-भाव हदय में लाएँ हम।

सन्तोष, प्रेम और सदाचार से,

जीवन सफल बनाएँ हम॥

अपने कर्त्तव्य निभाने में,

आलस्य तनिक हम नहीं करें !

आदर्श मान लें हम प्रकाश को,

जीवन-पथ का तिमिर हरें !!

हम दूर करें मन की उदासी,

औरों के आँसू पोंछे।

जो बीत चुका है बुरा-अशुभ,

न उसके बारे में सोचें॥

स्वार्थ-भाव को त्याग, सदा हम

परोपकार को स्वीकारें !
आदर्श मान लें हम प्रकाश को,
जीवन-पथ का तिमिर हरें !!

दीपक-कथा

इस भू की माटी से दीप एक,
अभिनव निर्मित होता है।
वह कुम्भकार की इच्छा के,
अनुरूप स्वयं में ढलता है।।
मानव के तन जैसे 'मिट्टी',
और 'पानी' से निर्मित होता।
'वायु' में सूख ; 'अग्नि' के
अवा के अन्दर वह तपता।।
इस तरह होता परिपक्व वह,
'दीपक' ; 'दीप' कहाता है।
घृत और बाती को साथ लिए,
तम-अन्धकार से लड़ता है।।
अति कष्ट सह निर्मित होकर,
दीपक जब साहस से जलता।
अन्धकार मिटाने की सेवा में,
और अधिक कष्ट सहता।।
दीपक महान है ; परहितार्थ,
जो अपना सब देता लुटा।
वह सदा तपस्वी दिगम्बर,
न पहनता एक वस्त्र फटा।।
निर्मल त्याग-तप-सेवा की,
उसकी अशेष कहानी है।
वह मार्ग-प्रदर्शक जगतगुरू,
गाथा यह बहुत पुरानी है।।

दीप-स्तम्भ

यह नहीं माटी का दीपक,
मोमबत्ती-आलोक-शिखा है।
इसे नहीं निज तन की चिन्ता,
हर एक पल ही परीक्षा है।।
यह तिमिर का महा-विनाशक,
स्तम्भ आलोक से भरा।
इसके दृढ़-निश्चय के आगे,
कठिन काल भी रहता डरा।।
दीपावली-महोत्सव भू पर,
जगत सकल ही है हर्षाया।
कण-कण से अंधकार मिटाने,
यह पर्व प्रकाश का आया।।
हम दीपक से स्तम्भ बन,
सबको जीवन-पथ दर्शाएँ।
फैलाएँ आलोक धरा पर,
सारे जग का तिमिर मिटाएँ।।

आज दीवाली है

लक्ष्मी-पूजन हुआ ; गगन में,
आतिशबाजियाँ चलतीं।
फुलझड़ियों की जगमग होती,
चकरियाँ घूमा करतीं।।
दीवाली का उत्सव प्यारा,
हर्ष नया लेकर आया।
वर्ष बाद त्यौहार है आया,
उत्साह सबमें छाया।।
आज दीवाली की रौनक है,
जीभर खुशी मनाओ रे !
आलोक के सुखद तराने,
साथ-साथ मिल गाओ रे !!
कह दो, काल यहीं रुक जाए,
हमको खुशी मनाने दो।
सीता-गीता-बम-फुलझड़ी,
जीभर कर चलाने दो।।

आटे का दीपक

माँ ! याद अभी भी आता है,
आटे का वह दीप तेरा !
जब जीवन-पथ के अंधकार ने,
चहुँओर मुझको घेरा !!
मैं छोटा लड़का था वय में,
न उद्देश्य कुछ निश्चित था।
तब तक न सीखा काव्य-कर्म,
बस लड़कपन में स्थित था।।
एक दिन दीवाली से पहले,
तू बनाती आटे का घेरा !
फिर पंच-दीप निर्मित करके,
हर कक्ष बिठाती थी पहरा !!
माँ ! याद अभी भी आता है,
आटे का वह दीप तेरा !!!
उस दीप की भाँति तूने मुझको,
जीवन के संस्कार दिए।
आकार दिया शुभ-कर्मों का,
ममता का घृत अपार लिए।।
नव-तिमिर-विनाशक-ज्योति दे,
सुखों का किया सवेरा !
माँ ! याद अभी भी आता है,
आटे का वह दीप तेरा !!
जब जीवन-पथ के अंधकार ने,
चहुँओर मुझको घेरा !!!
इस बार दीवाली पर माता !

फिर वही दीपक मुझको दीखा।
कब इसे बना तू चली गई,
मैंने न जाना या परखा।।
रख लिया संभालकर मैंने,
यह पुण्य-स्मृति-चिन्ह तेरा !
माँ ! याद अभी भी आता है,
आटे का वह दीप तेरा !!
जब जीवन-पथ के अंधकार ने,
चहुँओर मुझको घेरा !!!

आओ प्रकाश का पर्व मनाएँ

कण-कण से हर एक अँधियारा
आओ जग का दूर हटाएँ !
हर एक दिल को गले लगाकर
आओ प्रकाश-पर्व मनाएँ !!
मन की सीमितता छोड़ें हम
भेदभाव से नाता तोड़ें।
पूर्वाग्रह, हठधर्मिता त्यागकर
नेह-दिशा में मुख को मोड़ें।।
स्वार्थ, घृणा और वैर भूलकर
मन में राष्ट्रप्रेम जगाएँ !
हर एक दिल को गले लगाकर
आओ प्रकाश-पर्व मनाएँ !!
निर्धन-धनी, बड़ा या छोटा
भारत माँ के हम सब बेटे।
गौरवमय-महान संस्कृति
मर्यादा के वसन लपेटे।।
सबको दें अधिकार मुक्ति का
कभी किसी को नहीं सताएँ !
हर एक दिल को गले लगाकर
आओ प्रकाश-पर्व मनाएँ !!

दीप ! तुम जलते रहना

संकट आएँ लाख,

परन्तु हँसकर सहना !

दीवाली की रात,

दीप, तुम जलते रहना !!

तन तो नश्वर क्षणिक तुम्हारा

ज्योति अमर है।

पल-पल घटता जीवन

तुमको नहीं फिकर है।।

तप-त्याग-सत्कर्म

तुम्हारा केवल गहना !

दीवाली की रात,

दीप ! तुम जलते रहना !!

तुम नन्हें-से प्राण

और तम चहुँदिश फैला।

लगा रहा सदियों से

तम का जमघट-मेला।।

तुम प्रकाश के पुंज

नहीं किंचित भी रोना !

दीवाली की रात,

दीप ! तुम जलते रहना !!

आँधी-तूफाँ औ' चक्रवात

परीक्षा लेंगे।

निश्चय डिगाने तेरा

तुझसे वे खेलेंगे।।

वे तोड़ेंगे उत्साह

खुशी का ताना-बाना !
दीवाली की रात,
दीप ! तुम जलते रहना !!

कोरोना के बाद : पहली दीपावली

बीते दो सालों में खुशी से

मना पाए कहाँ दीवाली ?

कोरोना छाया चहुँओर

मुरझाई थी जीवन की कली।।

कई माह बाद भारत-भूमि का

घर-आँगन हर्षाया है।

हँसता-सा और मुस्काता-सा

ज्योति-पर्व नव आया है।।

कितने दिन बाद पटाखों से

है आकाश में शोर हुआ।

फुलझड़ी का घर के आँगन में

एक अरसे बाद जोर हुआ।।

कोहराम मचाता विषाणु

हर एक देश में छाया था।

हर एक आदमी शंकित था

हर एक जना घबराया था।।

उत्सव-पर्वों पर प्रश्न-चिन्ह

लग गया था धरती के आँगन।

कोई दिशा नजर न आती थी

था उखड़ गया जीवन से मन।।

इस बार दीवाली पर जन ने

एक नई आजादी पाई है।

विषाणु-त्रासदी बीत चुकी

एक नई जिन्दगी आई है।।

गोवर्धन महाराज

है देश हमारा भारत, जहाँ
गिरि-शिखर पूजे जाते।
जिसमें श्रद्धा के सूचक
श्रीकृष्ण विराजा हैं करते॥
यद्यपि इंसान चाँद तलक
जा पहुँचा है विज्ञान के बल।
तब भी गाय-गोबर-माटी
देते आस्था को सम्बल॥
तब इन्द्र-कोप से घबराकर
व्रजवासी सुरपति को भजते।
फिर कहा कृष्ण ने, " क्यों तुम न
गोवर्धन ही को न भजते ?
" यह गिरि विशाल सब वनस्पति
निज आँचल में पैदा करता।
यह जीवन की नव-श्वॉस, अन्न-जल
सब कुछ तुमको है देता॥
सच्चा देवता यह पर्वत,
यह इन्द्र-कोप ; वर्षा-जल से।
रक्षा करेगा तुम सबकी
हर एक विपत्ति के दल से "
फिर नन्दलाल ने अंगुली पर
गोवर्धन-गिरि को उठा लिया।
कर पर्यावरण का संरक्षण
सबका ही जीवन बचा लिया॥

दीवाली का शुभ दिन आया : 2

झूम रहे सब भारतवासी
चहुँओर हर्ष है छाया !
आओ मिलकर खुशी मनाओ
दीवाली का शुभ दिन आया !!
प्रतिवर्ष यह पर्व मनाते
कितनी सदियाँ बीत गई हैं।
निज देश की परम्पराएँ
लोकरीतियाँ नई-नई हैं।।
आओ बनाएँ पुष्पपहार हम
खग ने मंगल राग सुनाया !
आओ मिलकर खुशी मनाओ
दीवाली का शुभ दिन आया !!
यह दीपकों का मेला है
आत्म-चेतना-जागृति-उत्सव।
यह मिटाता दु:ख-दैन्य को
और मिटाता चिन्ता-कलरव।।
कर में मंगल-थाल सजाओ
धरती का कण-कण मुस्काया।।
आओ मिलकर खुशी मनाओ
दीवाली का शुभ दिन आया !!

पटाखे-फुलझड़ी का उत्सव

आया ज्योति-पर्व सुहाना
दीवाली का त्यौहार है।
खील-बताशे और मिठाई
खुशियों की भरमार है।।
नन्दू-चिन्टू-गोलू-सविता
प्रात:काल से ही हर्षित हैं।
पैर न टिक पाते हैं घर में
झूम रहे हैं और नर्तित हैं।।
सुबह-सुबह माँ के संग जाकर
लक्ष्मी-गणेश प्रतिमा लाए।
खील-खिलौने और बताशे।
पटाखे और फुलझड़ियाँ लाए।।
आज पहने नए वस्त्र हैं
दीक्षी, ममता और राधा ने।
अपना सब श्रंगार किया है
रश्मि, नीतू, अनुराधा ने।
पहर-रात्रि पूजन करके
सबको ही मिठाई मिलेगी।
फिर होवेंगे धूम-धड़ाके
खुशियों की बारात सजेगी।।

दीपावली-स्वच्छता-अभियान

प्रतिवर्ष दिवाली के आने पर
साफ-सफाई हम करते।
घर-द्वार साफ करते बेशक हम
पर मन न स्वच्छ रखते।।
मन के अंदर जो घृणा-द्वेष की
जमी हुई है धूल-गन्दगी।
कटु वैरभाव-क्रोध-लालच की
जमा हुई जो कठिन गन्दगी।।
आओ उसे भी साफ करें हम
तन-मन को बनाएँ निर्मल।
सबको हँसकर गले लगाएँ
आलोकित कर लें आगत कल।।
पहले मन का झाड़ें हर कौना
शुभ भावों का करें रंग-रोगन।
तभी बनेगा सुन्दर अन्तर
सुखमय होगा अपना जीवन।।
इस बार सफाई भीतर की हो
बनें राम-सीता के जैसे।
सत्य-धर्म को अपनाएँ हम
महत्त्वपूर्ण न केवल पैसे।।

दीपक हम बन जाएँ

दीवाली का पर्व हमें
सन्देश नया सुनाता है।
दीपक बन जाएँ हम सारे
बात यह बतलाता है।।
एक दीप अपने से जलकर,
आसपास का तम हरता।
सर्वस्व त्याग करके वह
औरों को है सुख देता।।
जीवन का घृत मिट जाने तक
जलती आशा की ज्योति।
जगता रहता पहर रात में
निश्चिन्त दुनिया सोती।।
दीप-पर्व पर कितने सारे
दीपक झिलमिल करते हैं।
वे सबके मन उत्साह और
नव-आशा को भरते हैं।।
औरों की दु:ख-पीर मिटाने
दीपक चिन्ता करता है।
सहता है वह लाख विपत्ति
मुख से कुछ न कहता है।।

आओ दिवाली रानी

सदियाँ बीतीं, पर दुनियाँ में
अमिट रही कहानी !
झूम-झूमकर और इठलाकर
आओ दिवाली रानी !!
पर्व तुम्हारा कर्त्तव्य की
हमको याद दिलाता।
जीवन को आलोकित करके
आलस दूर भगाता।।
इस कथा में राम हैं राजा
और हैं सीता रानी !
झूम-झूमकर और इठलाकर
आओ दिवाली रानी !!
तुम आतीं तो सारे बच्चे
जग के खुश हो जाते।
खील-बताशे खाकर
पटाखे-फुलझड़ी चलाते।।
भारत के हर नर-नारी ने
कद्र तुम्हारी जानी !
झूम-झूमकर और इठलाकर
आओ दिवाली रानी !!

दीपावली-पर्व

आओ दीवाली-पर्व मनाएँ

खुशियों से आँगन महकाएँ !

भारत के सुंदर उपवन में

हर्षित मन के फूल खिलाएँ !!

अब ना रखें भेदभाव हम।

मिलकर झेलें खुशी और गम॥

मिलकर सारे कार्य करें हम।

ना आपस में कभी लड़ें हम॥

देश धर्म पर बलि-बलि जाएँ

राष्ट्रप्रेम हर हृदय जगाएँ !

आओ दीवाली-पर्व मनाएँ

खुशियों से आँगन महकाएँ !!

करें दोस्ती हम आपस में।

रखें सदा ही मन को वश में॥

दीन-दु:खी को गले लगाएँ।

गिरे हुए को सहज उठाएँ॥

बात बात पर ना घबराएँ

जन-जन को अब होश में लाएँ !

आओ दीवाली-पर्व मनाएँ

खुशियों से आँगन महखाएँ !!

मन अपना निर्मल उदार हो।

सबके प्रति सच्चा व्यवहार हो॥

बनाएँ अपनी मधुरिम वाणी।

दृष्टि रखें सदा कल्याणी॥

अपने सब कर्तव्य निभाएँ

आलस को ना मन में लाएँ !
आओ दीवाली-पर्व मनाएँ !
खुशियों से आँगन महकाएँ !!

दीपोत्सव

जलते दीप, दीवाली आई।

दुनिया खुशी से जगमगाई॥

एक वर्ष के बाद सुहाना।

आया फिर यह पर्व दीवाना॥

अंधकार अब दूर हो गया।

जीवन अब रोशन हो गया॥

मिट गई दुख-तिमिर-रात्रि।

आशा आई सुख-दात्री॥

भाँति-भाँति के बने व्यंजन।

हर्षित हैं सब बच्चों के मन॥

बालक-बूढ़े मुदित हो गए।

और युवक सपनों में खो गए॥

खील, बताशे और फुलझड़ी।

धूम-फटाके खुशी की लड़ी॥

साधन सब घर में मंगवाए।

दूर देश से अतिथि आए॥

आज होगा श्री लक्ष्मी-पूजन।

और श्री गणेश जी वंदन॥

'शुभ-लाभ', 'रिद्धि' और 'सिद्धि'।

अंकित होंगी द्वार पर सविधि॥

नए-नए वस्त्र सब पहने।

स्त्री-तन पर सजे हैं गहने॥

आज खुशी का कोई पार ना।

आज कटु कोई व्यवहार ना॥

आपस में सब गले मिले हैं।

घर-आंगन में फूल खिले हैं।।

जगमग करती सारी नगरी।

दुर्दिन जीवन के सब बिसरी।।

आज सभी में नई उमंगे।

उत्साहित जीवन-तरंगे।।

कोई कहीं ना दु:खी है दिखता।

आज खुशी से सब का रिश्ता।।

मंगल है आज का शुभ दिन।

देखे थे जो सुंदर सपन।।

सपने सब साकार हो गए।

दीपोत्सव में सभी खो गए।।

रंग बिरंगी झालर दिखतीं।

दीपशिखा जगमग कर जलती।।

आसमान में आतिशबाजी।

लगा रहे हैं राकेट बाजी।।

वर्ष बाद यह शुभ दिन आया।

हर एक जन का उर मुस्काया।।

भारत का महान पर्व है।

इस पर हमको बड़ा गर्व है।।

आओ खुशी से दीप जलाएं।

मिलकर हम दीपावली मनाएं।।

जीवन में आलोक जगाएं।

साथ-साथ सब मिलकर गाएँ।।

आओ मनाएँ हम दीवाली

कोई रहे ना खुशी से खाली

मिलकर सभी बजाएँ ताली !

झूमें-नाचें-गाएँ हम सब

आओ मनाएँ हम दीवाली !!

प्यारा यह प्रकाश पर्व है।

इस पर हमको बड़ा गर्व है।।

वर्ष बाद यह शुभ दिन आता।

हम सबके मन को हर्षाता।।

मंगलमय बधाई सबको

भला क्यों हम देवें गाली ?

आओ मनाएं हम दिवाली

कोई रहे ना खुशी से खाली !!

दीपक हमको शिक्षा देता।

उत्साह-रस जो उर रखता।।

खुद मिटता औरों की खातिर।

वही पूज्य जग का मुसाफिर।।

चेतन सारी रात जागकर

करता वह जग की रखवाली !

आओ मनाएं हम दिवाली

कोई रहे ना खुशी से खाली !!

घृणा देश की भाषा छोड़ें।

क्रोध ईर्ष्या से मुख मोड़ें।।

दिल में शुद्ध भाव रखें हम।

मिलकर झेलें खुशी और गम।।

इस जग के उपवन में हँसकर

पियें-पिलाएं आनंद प्याली !

आओ मनाएं हम दिवाली

कोई रहे ना खुशी से खाली !!

अंतर में नव ज्योति जगाएं।

मन में नव प्रकाश फैलाएं

सदा ही अच्छे भाव रखें हम।

सदा करें कठोर परिश्रम॥

भारत-उपवन के हम रक्षक

हम हैं इस बगिया के माली !

आओ मनाएँ हम दीवाली

कोई रहे ना खुशी से खाली !!

प्रकाशोत्सव

आलोक का पर्व महान
यह दीपावली का त्यौहार ....
मानव एक दीप-सा
चेतना की जागृत-लौ लिए
जलता है तन-मन-जीवन से
हर दिन घटता जाता जीवन का घृत-रस
टिमटिमाता , लड़खड़ाता है
फिर संभलकर
जीवन की घोर निशा के बीच
जलने लगता है पुनः
एक आश, उम्मीद नई लिए।

* * * *

क्यों न मना पाते हम दीवाली रोज ?
हतोत्साहित हो
हार जाते क्यों बार-बार
जीवन की लड़ाई को ?
क्यों न सजाते हम जीवन-दीप को
मृदु भावों, सुन्दर सपनों से ?
क्यों न महका पाते अपने घर का आँगन
खुशियों से रोज ही ?
क्यों पाले रहते नफरत और वैर
अपने हृदय में ?

* * * * *

आओ होली-दीवाली-ईद-वैसाखी पर्व की
सच्ची खुशी हम मनाना सीखें

हृदय को रखें साफ-सुथरा
आदर और स्नेह दें दूसरों को
सबके भावों का करें सत्कार
क्षुद्र भाव सारे मिटा डालें
एक-दूसरे की उन्नति में सहायक हों।

* * * * * *

प्रकाश का यह पर्व
होगा सार्थक तभी
जब अपने मन के अंधेरे को
दूर करेंगे हम खुद ही।
तमोगुण की शक्तियों से लड़कर
मन के कौने से
दूर करेंगे अंधकार ......
चेतन-उज्ज्वल प्रदीप बनेंगे हम स्वयं
तभी हो सकेगी
सच्ची दीपावली हमारे जीवन में।

दिवाली की खाओ मिठाई

खुशी मनाओ, प्रतिपल झूमो

यह पर्व बड़ा सुखदाई !

मिलकर दीप जलाओ प्यारे

दिवाली की खाओ मिठाई !!

बर्फी, लड्डू, गुलाब-जामुन।

और इमरतियों का करता मन॥

रसमलाई , जलेबी रबड़ी।

खील-बतासों की बात है बड़ी॥

गले मिलो यह भारतवासी

आनंद की ऋतु आई !

दिवाली की खाओ मिठाई

यह पर्व बड़ा सुखदाई !!

सोचो यदि त्योहार न होते

तब कैसे सब मिलकर हँसते ?

कैसे खुशी अधर पर छाती ?

यह दुनिया कैसे हर्षाती ?

दुःख-अशांति-कलह क्लेष की

हट जाए सारी कलिमाई !

दिवाली की खाओ मिठाई

यह पर्व बड़ा सुखदाई !!

एक दीप

दिवाली के इस शुभ दिन पर

ऐसा दीप जलाएँ मिलकर !

आत्मदीप से हो उजियारा

दुर्दिन की लें ऐसी खबर !!

यह छोटा-सा नन्हा दीपक

इसे नहीं तुम तुच्छ ही समझो।

चौड़ी छाती अंधकार की

चीर सकता, असत्य ना समझो।।

आत्मज्योति सदा ही रहती

तन की बाती भले ही नश्वर !

दिवाली के इस शुभ दिन पर

ऐसा दीप जलाए मिलकर !!

छोड़ें सदा हर्ष-फुलझड़ियाँ

रहें फूटते खुशी-पटाखे।

मधुर स्वभाव की खाएँ मिठाई

सबसे दोस्ती रखें बनाके।।

सदा ही महके निज आँगन-घर

अंधकार से लगे नहीं डर !

दिवाली के इस शुभ दिन पर

ऐसा दीप जलाएँ मिलकर !!

हर दिन हो दिवाली

एक दिन की यह बात नहीं है
हर दिन मने दिवाली !
हर दिन छाएँ खुशियाँ मन में
जीवन सुख की प्याली !!
होती अमर साधना जन की
दिव्य जीवन उसका बन जाता।
निज मन का अंधकार मिटा कर
मानव जैसे सब कुछ पाता।।
भोर हुए रवि ने धरती को
अपनी सब सुषमा दे डाली !
एक दिन की यह बात नहीं है
हर दिन मने दिवाली !!

हर दिन जैसे प्यारा उत्सव
हर दिन नाचे-झूमें-गाएँ।
सदा रहे भरपूर ताजगी
मिलकर दिन और रात बिताएँ।।

एक ताल में, एक ही लय में
मिलकर सदा बजाएँ ताली !
एक दिन की यह बात नहीं है
हर दिन मने दिवाली !
हर दिन हो दिवाली
रहे ना कोई खुशी से खाली !!

ज्योति जलाओ

जागृत होकर अपने मन का
अंधकार मिटाओ !
ज्योति जलाओ !!
ज्योति जगे तन-मन में ऐसी।
कभी न जगी पहले वैसी।।
ऐसी आओ मनाएँ दिवाली।
खुशियों से कभी रहें न खाली।
बनो सहारा तुम औरों के
दुर्बल को कभी नहीं सताओ !
ज्योति जलाओ
अंधकार मिटाओ !!
निज आत्मा एक दीप है।
जागृत-चेतन वह प्रदीप है।।
उसे सजाओ तुम सद्गुण से।
भ्रमित ना हो अपने अवगुण से।।
आत्मदीप में घृत प्रेम का
इसको यत्न सहित जलाओ
ज्योति जलाओ
अंधकार मिटाओ !!

दिवाली का पर्व सुहाना

जिसमें केवल खुशी समाई
आया जैसे नया जमाना !
दिवाली का पर्व सुहाना !!
प्रतिवर्ष दिवाली आती।
हर एक जन को सुख दे जाती।।
ऊँच-नीच का भेद न रखती।
घर-घर में खुशियाँ हैं सजती।।
छोड़ो गुस्सा, छोड़ो नफरत
जीवन का न राग पुराना !
दिवाली का पर्व सुहाना !!
यह पर्व बड़ा सुखदाई।
गले मिलो सब प्यारे भाई।।
दुःख न दो तुम कभी किसी को।
दो सहारा हर मानव को।।
मस्ती में झूमो और नाचो
मिलकर गाओ मधुर तराना !
दिवाली का पर्व सुहाना !!

आई दिवाली : 1

दीप जले, दिवाली आई
दुनिया खुशी से जगमगाई !
हर दिल पर हैं खुशियाँ छाई
दीप जले, दिवाली आई !!
दिवाली का प्यारा मौसम।
उत्सव यह किसी से न कम॥
हिल-मिल कर सब दीप जलाते।
भारतवासी खुशी मनाते॥
समता दिल में फैल रही है
और दिलों की मिटती खाई !
दीप जले, दिवाली आई
दुनिया खुशी से जगमगाई !!
आया फिर से पर्व सुहाना।
दमक उठे देखो रंग नाना॥
पहले आत्म-ज्योति जलाओ।
तब निज घर में खुशियाँ लाओ॥
दु:ख के बीते जाते दुर्दिन
उसकी करनी है भरपाई !
दीप जले, दिवाली आई
दुनिया खुशी से जगमगाई !!

दीवाली आने वाली है

समय बीतता धीरे-धीरे।
जैसे शीतल मंद समीरे।।
दु:ख की काली रात बीतती।
रोती दुनिया आज विहँसती।।
अब न भूखी इच्छा-तृष्णा।
संतुष्टि का वाह ! क्या कहना।।
आत्मदीप जो जगमग-झिलमिल।
हँसते-मुस्काते हैं खिलखिल।।
न दु:खों का शोर पुराना।
पीड़ा का न कोई बहाना।।
आने वाली है अब दीवाली।
जीवन की अब बात निराली।।
आओ आत्मदीप जलाएँ।
मिलकर सभी दीवाली मनाएँ।।
जो अन्तर का दीप जलेगा।
जीवन खुशियों से महकेगा।।

आई दीवाली : 2

सबके अधरों पर हँसकर

छाई दीवाली !

आई दीवाली !!

अब न कोई दु:खी, दीन हो।

शक्ति, शान्ति से न क्षीण हो।।

कोरोना का जाए प्रदूषण।

जीवन में न हो संघर्षण।।

प्रेम-दया-समता-उदारता,

की बजा ताली !

आई दीवाली !!

मिटे दिलों की सारी दूरी।

कहीं भी रहे न मजबूरी।।

स्थापित हो ऋषि-परम्परा।

हर्षित होवे यह बसुन्धरा।।

संस्कार-गौरव-मर्यादा करे

राष्ट्र-रखवाली !

आई दीवाली !!

ऊँच-नींच का मिटे भेद अब।

हर दिन हो उत्सव का कलरव।।

हर दिन मंगल-कलश सजाएँ।

मंगल-गान सभी मिल गाएँ।।

सत्कर्मों से देशवासी कोई,

रहे न खाली !

आई दीवाली !!

मैं दीपक नन्हा-सा

मैं दीपक नन्हा-सा,
केवल जलना मेरा काम !
घृत-जीवन-रस चुक जाने तक,
लेता नहीं विराम !!
जलना मेरा काम !!!
मैं हरता पथ का अंधियारा,
घोर निराशा दूर भगाता।
राहगीर को लगे न ठोकर,
मैं उसको मंजिल दर्शाता।।
श्रम से थककर एक-दो पल भी,
लेता न विश्राम !
मैं दीपक नन्हा सा,
केवल जलना मेरा काम !!

मेरा जीवन तप-त्याग की,
ऐसी अमर कहानी।
कई बार हो चुका राष्ट्रहित,
मैं अमर बलिदानी।।

सदियों से मेरी यश-गाथा,

गाता जग तमाम !

मैं दीपक नन्हा-सा,

केवल जलना मेरा काम !!

जगहितार्थ मैं पैदा होता,

आँसू पीकर खुशियाँ देता।

भटक रहे जग के जीवों को,

मैं ही सच्ची दिशा दिखाता।।

धरती और नभ गाते मेरी,

महिमा सुबहोशाम !

मैं दीपक नन्हा सा,

केवल जलना मेरा काम !!

खुशियों के दीपक

आओ खुशी के दीप जलाएँ,

मन का आँगन सहज सजाएँ,

भू पर सुन्दर जगत बसाएँ,

आओ खुशी के दीप जलाएँ !!

इस बार की दीवाली पर,

कटुता-घृणा-वैर हटा दो।

प्रेम-दया-सत्कारभाव को,

अपने दिल में उचित जगह दो॥

जिनमें हों सदगुण-महानता,

उनके आगे शीश झुकाएँ !

आओ खुशी के दीप जलाएँ,

भू पर सुन्दर जगत बसाएँ !

हम अपने ऋषियों की वाणी,

जीवन में उपयोग करेंगे।

सदग्रंथों की सब बातों पर,

रख विश्वास अमल करेंगे॥

हम अपने श्रम-सच्चाई की,

सदा ही सुख से रोटी खाएँ !

आओ खुशी के दीप जलाएँ,

भू पर सुन्दर जगत बसाएँ !!

जग की बातों से पहले हम,

अपने अन्तर को पहचानें।

अपना जीवन-लक्ष्य भला क्या,

यह बात हम पहले जानें॥

सुन्दर-कोमल-मृदु भावों से ,

आओ दीवाली सभी मनाएँ !
आओ खुशी के दीप जलाएँ,
भू पर सुन्दर जगत बसाएँ !!

साक्षात्कार

डॉ. पवित्र कुमार शर्मा जी के साथ

एक साक्षात्कार

काव्य संग्रह 'कर्मा' के लेखक डॉ. पवित्र कुमार शर्मा जी के साथ एक साक्षात्कार •
www.buuks2read.com

AuthorsWiki को साक्षात्कार के लिए अपना कीमती समय देने के लिए डॉ. पवित्र कुमार शर्मा जी को धन्यवाद करते हैं। पाठकों की जानकारी के लिए बता दें कि लेखक की काव्य संग्रह 'कर्मा' सहित कई पुस्तकें पिछले दिनों ही प्राची डिजिटल पब्लिकेशन से प्रकाशित हुई हैं। राजस्थान के धौलपुर जिले से डॉ. पवित्र शर्मा जी ने AuthorsWiki को साक्षात्कार के दौरान साहित्यिक सफर एवं अनुभवों को भी हमारे साथ साझा किया। आशा करते हैं कि पाठकों को डॉ. पवित्र शर्मा जी का साक्षात्कार पसंद आएगा। साक्षात्कार के कुछ प्रमुख अंश आपके लिए प्रस्तुत हैं-

AuthorsWiki : नमस्कार। हम आपका शुक्रिया करना चाहते हैं क्योंकि आपने हमें साक्षात्कार के लिए अपना कीमती समय दिया। यदि आप अपने शब्दों में आप अपना परिचय देंगें, तो सम्मानित पाठक आपके बारे मे ज्यादा जान पायेंगे?

Dr. Pavitra Kumar Sharma : मेरा नाम डॉ0 पवित्र कुमार शर्मा है। मैं राजस्थान के धौलपुर शहर का निवासी हूँ। मेरे पिता का नाम श्री रामवीर शर्मा और माँ का नाम श्रीमती सुशीला शर्मा है। मेरी जन्मतिथि 30 जून, सन, 1971 ई0 है। मैं एक स्वतंत्र लेखक और एक स्वतंत्र कवि हूँ। मैंने अब तक 1500 पुस्तकें गद्य और पद्य की लिखी हैं। इनमें से लगभग 800 किताबें प्रकाशित हो चुकी हैं।

AuthorsWiki : आपकी कुछ पुस्तकें पिछले दिनों ही प्रकाशित हुई है, उसके बारे में जानकारी देना चाहेंगें, ताकि पाठक आपकी किताब के बारे में ज्यादा जान सकें?

Dr. Pavitra Kumar Sharma : प्राची डिजिटल पब्लिकेशन से हाल ही में प्रकाशित होने वाली मेरी पहली पुस्तक 'कर्मा' है। इस प्रकाशन से सबसे पहले मेरी सबसे मेरी पुस्तक 'काव्य प्रभा' प्रकाशित हुई है। इसमें मेरी पिछले दो वर्षों की लिखी हुई कविताएँ प्रकाशित हुई हैं। सभी कविताएँ गेयात्मक अथवा छन्दबद्ध शैली में हैं। कविताएँ तुकांत अथवा लयबद हैं। यह किताब लगभग 450 पृष्ठों की है तथा चित्रों से सुसज्जित है। यह काव्य-पुस्तक निम्न चार खण्डों में विभक्त है:-

1. आबू-दर्शन
2. नगर-दर्शन
3. कोविड-काल
4. नव-रचना

पहले खण्ड 'आबू-दर्शन' में इस वर्ष 2023 ई0 में की गई मेरी माउण्ट आबू की यात्रा से सम्बंधित कविताएँ हैं। दूसरे खण्ड 'नगर-दर्शन' में राजस्थान के पूर्वी प्रवेश द्वार धौलपुर शहर के ऐतिहासिक एवं धार्मिक स्थलों के बारे में कविताओं में बतलाया गया है। तीसरे खण्ड 'कोविड-काल' की कविताएँ कोरोना-काल में लिखी गई कोरोना महामारी से सम्बंधित रचनाएँ हैं और चौथे खंड 'नव-रचना' में सन 2022 ई0 में लिखी गई अनेक कविताओं को शामिल किया गया है।

AuthorsWiki : पुस्तक प्रकाशित कराने का विचार कैसे बना या किसी ने प्रेरणा दी?

Dr. Pavitra Kumar Sharma : हमारे मित्र प्रेम नारायण शर्मा जी ने 'प्राची डिजिटल पब्लिकेशन' के बारे में बताया था। इस प्रकाशन संस्थान से उनकी दो पुस्तकें प्रकाशित हो

चुकी हैं। उन्हीं की प्रेरणा से मैंने अपनी 'काव्य-प्रभा' पुस्तक 'प्राची डिजिटल पब्लिकेशन' के पास प्रकाशन हेतु भेजी थी।

AuthorsWiki : पुस्तक के लिए रचनाओं के चयन से लेकर प्रकाशन प्रक्रिया तक के अनुभव को पाठकों के साथ साझा करना चाहेंगें?

Dr. Pavitra Kumar Sharma : 'काव्य-प्रभा' पुस्तक के प्रकाशन के लिए मैंने सन् 2022 से लेकर सन् 2023 ई तक लिखी अपनी कविताओं का चयन किया था और कविताओं के अनुरूप चित्रों को भी पुस्तक में स्थान दिया था। इसके बाद मैंने इस पुस्तक की फाइल 'प्राची डिजिटल पब्लिकेशन' को प्रकाशनार्थ भेजी। प्रकाशन-संस्थान ने मेरी पुस्तक प्रकाशन के लिए स्वीकार की और बहुत ही कम समय में उन्होंने इस पुस्तिक को अत्यंत सुंदर और आकर्षक ढंग से प्रकाशित करके मेरे पास भेजा।

यह भी पढ़ें

पहली बार पुस्तक प्रकाशन करा रहे हैं तो आपको यह बातें जरूर जाननी चाहिए इस किताब का प्रकाशन का खर्चा भी बहुत कम था। पुस्तक की पी0डी0एफ0 फाइल दो बार चेकिंग के लिए मेरे पास भेजी गई, जिसमें मैंने आवश्यक सुधार किया। तत्पश्चात पुस्तक का कवर आकर्षक रूप में बनाया गया। टाइटल-कवर के दो नमूने मुझे भेजे गए थे। एक नमूना मुझे ज्यादा पसंद आया और इसी कवर-नमूने को पुस्तक के आवरण के रूप में स्थान दिया गया। इस पुस्तक के कवर-बैक की सामग्री मेरे अजीज दोस्त प्रेम नारायण शर्मा जी द्वारा भेजी गई थी। आज यह पुस्तक अमेजॉन और फ्लिपकार्ट पर उपलब्ध है

AuthorsWiki : आपकी पहली सृजित रचना कौन-सी है और साहित्य जगत में आगमन कैसे हुआ, इसके बारे में बताएं? **Dr. Pavitra Kumar Sharma** : मेरी पहली प्रकाशित रचना सन् 1995 ई0 में प्रकाशित मेरा 'उपहार' नामक कहानी संग्रह है, जिसको मेरे पिता श्री रामवीर शर्मा जी ने अपने आर्थिक व्यय से प्रकाशित कराया था। मैंने अपने किशोर-काल अर्थात 15 वर्ष की आयु से ही लिखना प्रारम्भ कर दिया था। पिछले 35 वर्षों से मैं लगातार लिखता चला रहा हूँ। सन 1998 ई0 से जयपुर के प्रकाशकों द्वारा मेरी पुस्तकें छपना आरम्भ हुई थीं। इसके बाद सन् 2000 ई0 में पहली बार दिल्ली के 'पुस्तक महल' नामक विश्वविख्यात प्रकाशन-संस्थान से मेरी 'धैर्य एवं सहनशीलता' नामक पुस्तक प्रकाशित हुई, जिसे बहुत लोकप्रियता मिली। पुस्तक महल से आगे चलकर 'खुशी के साथ कदम' नामक मेरी एक और पुस्तक प्रकाशित हुई थी। इसके अलावा दिल्ली के लगभग 20 प्रकाशकों से मेरी सैकड़ो पुस्तकें प्रकाशित हुई हैं। करीब दो सौ साल पुराने कश्मीरी गेट, दिल्ली स्थित प्रकाशन-संस्थान 'आत्माराम एण्ड संस' से मेरी लगभग 125 पुस्तकें प्रकाशित हो चुकी हैं।

आरम्भ में मैंने कविताएँ और कहानियाँ लिखी थीं। इसके बाद प्रकाशकों की माँग पर नैतिक मूल्य तथा आत्मविश्वास आदि विषयों से सम्बंधित पुस्तकें लिखीं। अनेक नाटकों और उपन्यासों का सृजन किया। इसमें से एक नाटक तथा लगभग एक दर्जन उपन्यास प्रकाशित हो चुके हैं। 'आत्माराम एंड सन्स' से निर्भया-बलात्कार- कैस पर आधारित 'निर्भया' नामक उपन्यास दो भागों में तथा केदारनाथ-त्रासदी से सम्बंधित 'जय केदार' नामक उपन्यास दो भागों में प्रकाशित हो चुका है। इन दोनों उपन्यासों की पृष्ठ संख्या लगभग एक-एक हजार है।

AuthorsWiki : अब तक के साहित्यिक सफर में ऐसी रचना कौन सी है, जिसे पाठकवर्ग, मित्रमंडली एवं पारिवारिक सदस्यों की सबसे ज्यादा प्रतिक्रिया प्राप्त हुई?

Dr. Pavitra Kumar Sharma : पहली रचना 'धैर्य एवं सहनशीलता' पुस्तक है और दूसरी रचना 'जीने की कला' है। जीने की कला को एक बंगला-पाठक ने बांग्ला भाषा में भी अनूदित किया था

AuthorsWiki : किताब लिखने या साहित्य सृजन के दौरान आपके मित्र या परिवार या अन्य में सबसे ज्यादा सहयोग किससे प्राप्त होता है? **Dr. Pavitra Kumar Sharma** : इस सम्बंध में मेरी माँ ही मेरे लेखन- कार्य की प्रमुख प्रेरणा स्रोत रही हैं। **AuthorsWiki** : साहित्य जगत से अब तक आपको कितनी उपलब्धियाँ / सम्मान प्राप्त हो चुके हैं? क्या उनकी जानकारी देना चाहेंगें? **Dr. Pavitra Kumar Sharma** : दो प्रमुख सम्मान इस प्रकार हैं:-

1. सन् 2019 ई0 में 'एक्सप्रेस एक्सीलेंस अवॉर्ड'

2. सन् 2022 ई0 में जिला कलेक्टर धौलपुर के द्वारा गणतंत्र दिवस पर लेखक-रूप में सम्मान

AuthorsWiki : आप सबसे ज्यादा लेखन किस विद्या में करतें है? और क्या इस विद्या में लिखना आसान है?

Dr. Pavitra Kumar Sharma : मैं हिंदी साहित्य की सभी विधाओं में लिखता हूँ। गद्य-विधा में कहानी, उपन्यास, नाटक, संस्मरण, यात्रा-वृतांत, एकांकी और आत्मकथा इत्यादि का लेखन-कार्य मैंने किया है। पद्य-विधा में काव्य, खंडकाव्य, महाकाव्य तथा सहस्रों फुटकर कविताएँ मैंने लिखी हैं। मेरे लिए गद्य और पद्य; दोनों ही विधाओं में लिखना आसान हो चुका है।

AuthorsWiki : आप साहित्य सृजन के लिए समय का प्रबंधन कैसे करते हैं?

Dr. Pavitra Kumar Sharma : मैं प्रात काल 6:00 बजे से 8:00 बजे तक और सायंकाल 5:00 बजे से 9:00 बजे तक लेखन-कार्य करता हूँ। इस तरह मैं 5-6 घंटे का समय नियमित रूप से अपने लेखन-कार्य को देता हूँ। ऐसा मैं कई वर्षों से करता आ रहा हूँ। जीवन के अन्य कार्यों को मैं सुबह से लेकर दोपहर तक आसानी से निपटा लेता हूँ।

AuthorsWiki : आप अपनी रचनाओं के लिए प्रेरणा कहाँ से प्राप्त करते है?

Dr. Pavitra Kumar Sharma : मुझे कविता लिखने की प्रेरणा प्रकृति से प्राप्त होती है और गद्य पुस्तक लिखने की प्रेरणा परमेश्वर परमपिता से प्राप्त होती है। इसके अलावा छोटे-छोटे जीव-जन्तुओं से, पेड़-पौधों और फल- फूलों से तथा मानवीय संवेदनाओं से भी मुझे काव्य और गद्य लिखने की प्रेरणा मिलती है।

AuthorsWiki : आपके जीवन में प्राप्त विशेष उपलब्धि या यादगार घटना, जिसे आप हमारे पाठकों के साथ भी शेयर करना चाहते हैं?

Dr. Pavitra Kumar Sharma : वर्ष 1993 ईस्वी में जब मैं विज्ञान स्नातकोत्तर, आगरा विश्वविद्यालय का छात्र था, तब मैंने पाश्चात्य नाटककार शेक्सपियर से प्रभावित होकर लगभग एक दर्जन नाटकों का सृजन किया था। इनमें अधिकांश नाटक 200 प्रष्ठों से भी अधिक थे। ऐसे ही 'जाग उठा इंसान' नामक एक बड़ा नाटक लिखते समय मैं सुबह 6 बजे से लेकर शाम को 6 बजे तक लेखन कार्य का परिश्रम करता था।

एक दिन दोपहर को कॉलेज के प्रांगण में नाटक लिखते समय में प्रदूषित पानी पीने से हैजे का शिकार हुआ। उन दिनों कॉलेज की छुट्टियाँ थीं। गर्मी के दिन थे। मैं कॉलेज के पास ही खेतों में कुछ घंटे बेहोश पड़ा रहा। रात को एक प्राइवेट क्लीनिक में मुझे होश आया और मुझे पता चला की किस प्रकार कॉलेज-हॉस्टल के लड़कों ने और कॉलेज के वार्डन महोदय ने मेरी असहाय अवस्था में सहायता करके मुझे क्लिनिक तक पहुँचाया था। उन दोनों मेरे अंदर लिखने की इतनी तीव्र लग्न थी कि मैं 12 से 13 घण्टे तक आसानी से गद्य-लेखन का कार्य कर लेता था। इन सभी बातों का वर्णन मैंने अपनी आत्मकथा-पुस्तक 'मेरा जीवन' तथा 'मसीजीवी' नामक उपन्यास-पुस्तक में किया है।

AuthorsWiki : हर लेखक का अपना कोई आईडियल होता है, क्या आपका भी कोई आईडियल लेखक या लेखिका हैं? और आपकी पसंदीदा किताबें जिन्हें आप हमेशा पढ़ना पसंद करते हैं?

Dr. Pavitra Kumar Sharma : उपन्यास-सम्राट प्रेमचंद, कविवर जयशंकर प्रसाद और महादेवी वर्मा को मैं अपना आदर्श मानता हूँ। प्रेमचंद की 'मानसरोवर' कहानी- पुस्तक, उनका 'गोदान' उपन्यास, अज्ञेय की 'असाध्य वीणा', मुक्तिबोध की 'चांद का मुंह टेढ़ा है' पुस्तक, जयशंकर प्रसाद की 'कामायनी' और दिनकर जी की 'उर्वशी' इत्यादि काव्य पुस्तकें मुझे विशेष रुचिकर और प्रेरणादायक लगी हैं।

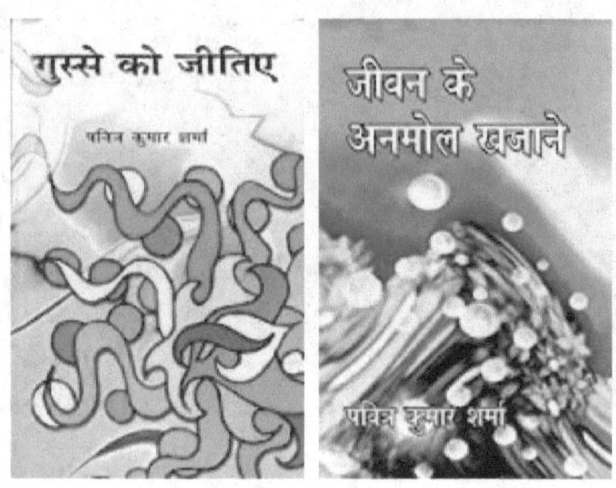

AuthorsWiki : हिन्दी भाषा और हिन्दी साहित्य के उत्थान पर आप कुछ कहना चाहेंगे?

Dr. Pavitra Kumar Sharma : वर्तमान युग में मोबाइल और कम्प्यूटर के जरिए हिन्दी भाषा का काफी प्रचार-प्रसार हो रहा है। आज के युग की सबसे बड़ी खासियत यह है कि आप केवल बोलकर ही अपनी बात को मोबाइल पर हिन्दी में टाइप कर सकते हैं। मैंने हिन्दी गद्य की कई पुस्तकें मोबाइल पर बोलकर लिखी हैं और वे सुन्दर रूप से प्रकाशित भी हुई हैं। इस तरह मोबाइल का आविष्कार हिन्दी लेखन कार्य और साहित्य सृजन के लिए आज के युग का बहुत बड़ा वरदान है। लेखक और कवियों को इसका अधिक से अधिक लाभ उठाना चाहिए।

मैं प्रात:काल दो घण्टे मोबाइल पर अपना लेखन-कार्य करता हूँ और शाम को 5 से रात्रि 9 बजे तक कागज और कलम के जरिए अपना लेखन-कार्य सम्पन्न करता हूँ। जिस तरह हिन्दी लेखन-कार्य मोबाइल और कम्प्यूटर के जरिए आसान हो गया है, इसी तरह हिन्दी किताबों का प्रकाशन कार्य भी आधुनिक यंत्रों के जरिए बहुत आसान हो गया है। अब केवल मशीन का बटन दबाने से ही अपने आप सारी किताब मुद्रित हो जाती है। यह आज के युग की सबसे बड़ी देन है। अब न तो लेखक को किताब लिखने की ज्यादा मेहनत करनी पड़ती है और न प्रकाशक को किताबों के प्रकाशन के लिए बहुत ज्यादा मेहनत करने की जरूरत पड़ती है। अमेजॉन और फ्लिपकार्ट आदि डिजिटल मार्केट में किताबें सहज रूप से पाठकों के लिए

उपलब्ध हो जाती हैं और पाठक मोबाइल पर ही ऑर्डर देकर अपनी पसंद की कोई भी किताब अपने घर पर मँगा सकते हैं। यह सब बीते कुछ ही वर्षों के अंदर सम्भव हो पाया है।

AuthorsWiki : साहित्य-सृजन के अलावा अन्य शौक या हॉबी, जिन्हे आप खाली समय में करना पसंद करते हैं?

Dr. Pavitra Kumar Sharma : साहित्य-सृजन और कविता-लेखन के अलावा मैं प्रातःकाल एक घण्टे का समय योग- साधना के लिए देता हूँ और एक घण्टे का समय आध्यात्मिक सत्संग के लिए देता हूँ। इसके साथ ही साथ शरीर को स्वस्थ बनाए रखने के लिए मैं प्रातःकाल दौड़ या रेस करता हूँ। साइकिल चलाना मुझे बहुत अच्छा लगता है। संगीत में भी मेरी विशेष रूचि है।

AuthorsWiki : क्या भविष्य में कोई किताब लिखने या प्रकाशित करने की योजना बना रहें हैं? यदि हां! तो अगली पुस्तक किस विषय पर आधारित होगी?

Dr. Pavitra Kumar Sharma : भविष्य में अनेक सारी पुस्तकें लिखने की योजना है। मैं 1500 किताबों में लिख चुका हूँ, जिनमें से कई सौ पुस्तकें प्रकाशित हो चुकी हैं। अभी 1000 पुस्तकें और लिखने की योजना है। 'अवतार-मीमांसा' नामक एक बड़ी गद्य-पुस्तक 'प्राची डिजिटल पब्लिकेशन' से छप रही है और 'माँ ' नामक महाकाव्य इसी महान प्रकाशन संस्थान के प्रकाशनाधीन है। जल्दी दो और किताबें मैं 'प्राची डिजिटल पब्लिकेशन' पर

प्रकाशन हेतु भेजने वाला हूँ।

AuthorsWiki : साहित्य की दुनिया में नये-नये लेखक आ रहे है, उन्हें आप क्या सलाह देंगें?

Dr. Pavitra Kumar Sharma : नवीन लेखकों के अन्दर सृजन-कला की पूरी सामर्थ्य और योग्यता है। उनमें नए-नए विषयों को जानने व सिखाने की ललक है। कोई भी लेखक, साहित्यकार या कवि जब लिखना शुरू करता है, तो वह नवीन ही होता है। प्रतिदिन समय और परिस्थितियों से सीखते-सीखते वह अनुभवी होता जाता है और उसकी सृजन-कला में निखार आता जाता है। नए लेखक और कवियों को 'प्राची डिजिटल पब्लिकेशन' जैसे बेहतर प्रशासन-संस्थान उनकी सृजन-कला को निखारने और प्रकाशित करने का शुभ अवसर प्रदान करते हैं। नए लेखकों को पुरानी पीढ़ी के लेखकों से बहुत-सी बातें सीखनी चाहिए और उन्हें लेखन-कार्य की नई-नई चुनौतियों का भी सामना करने के लिए तैयार रहना चाहिए।

AuthorsWiki : क्या आप भविष्य में भी लेखन की दुनिया में बने रहना चाहेंगे?

Dr. Pavitra Kumar Sharma : जी हाँ। मेरा जन्म सन् 1971 ई0 30 जून को हुआ था। आज मैं लगभग 52 साल का हो चुका हूँ। अभी लगभग 50 वर्ष और लिखने की मन में तमन्ना है। अगर मेरी किस्मत ने साथ दिया, तो सैकड़ों पुस्तकें अपने देश के नागरिकों के लिए और विश्व समुदाय के साहित्य प्रेमियों के लिए मैं और लिखना चाहूँगा। पन्द्रह वर्ष की आयु से मैंने लिखना आरंभ किया था। तब से लेकर आज तक मेरा लेखन-कार्य रुका नहीं है। लगभग हर दिन ही में कुछ ना कुछ लिखना आया हूँ और आगे भी लिखता रहूँगा।

AuthorsWiki : यह अंतिम प्रश्न है, आप अपने अज़ीज शुभचिन्तकों, पाठकों और प्रशंसकों के लिए क्या संदेश देना चाहते हैं?

Dr. Pavitra Kumar Sharma : मेरा यह सभी को संदेश है कि लेखन- कार्य से ज्यादा बड़ा कोई पवित्र और श्रेष्ठ कार्य दूसरा नहीं है। किसी भी लेखक की कृति समाज के लिए एक अनमोल धरोहर होती है, जो लेखक की मृत्यु के पश्चात भी सैकड़ो-हजारों वर्षों तक संसार में कायम रहती है। वह चिरकाल तक भटके हुए लोगों को शान्ति और खुशहाली का रास्ता दिखाती रहती है; इसलिए अपने नश्वर जीवन से थोड़ा वक्त निकालकर सभी को कुछ न कुछ लिखने का प्रयत्न करना चाहिए। एक ही दिन में तो कोई लेखक या कवि नहीं बन जाता है, लेकिन अगर आप रोजाना चार लाइन, दस लाइन अथवा एक पेज लिखने की कोशिश

करेंगे, तो धीरे-धीरे इस तरह थोड़ी-थोड़ी सामग्री इकट्ठा करके आप एक बड़ी पुस्तक का निर्माण कर सकते हैं। हो सकता है कि पहली पुस्तक लिखते समय कुछ कमियाँ रह जाएँ, लेकिन लिखने का क्रम लगातार चलता रहेगा, तो एक दिन आप महत्त्वपूर्ण पुस्तक लिखकर महान लेखक अवश्य बन जाएँगे। इति शुभम्।

9 789348 332448